エリザベス・ストラウト
小川高義 訳

ああ、ウィリアム！

OH WILLIAM!

ELIZABETH STROUT

早川書房

ああ、ウィリアム！

OH WILLIAM!
by
Elizabeth Strout

Translated by
Takayoshi Ogawa
First published 2023 in Japan by
Hayakawa Publishing, Inc.
This book is published in Japan by
arrangement with
Random House,
an imprint and division of Penguin Random House LLC
through The English Agency (Japan) Ltd.

装幀／日髙祐也
装画／船津真琴

この本を、夫であるジム・ティアニーに捧げます
また必要とするすべての人に――あなたに

私の最初の夫だったウィリアムのことを、いくらか話しておきたいと思う。

このところ、ウィリアムはつらい目に遭っている。そんな人はめずらしくもないとして、いまの私はどうしても言わずにいられない。現在、彼は七十一歳。

二度目の夫となったデイヴィッドは、昨年、世を去った。その悲しみのさなかにウィリアムのことでも悲しくなった。まあ、その、悲しみというのは、自分一人で抱えるもので、だから恐ろしいのだと思う。たとえて言えば、ずっと続くガラス張りのビルの外壁を伝っていって、それが誰の目にも見えていない――。

ともかく、いま話したいのはウィリアムのことだ。

＊

名前はウィリアム・ガーハートという。結婚した私は、すでに時代遅れだったかもしれないが、夫の姓を名乗ることにした。大学のルームメートに「あら、そっちに変えるの？てっきりフェミニストかと思ったのに」と言われたので、そんなことは気にしない、いままでの私でいたくないだけなのだと答えた。あの当時、もう私であることには疲れたと思っていた。それまでずっと私であることがいやだと思いながら暮らした。そういう心境になっていた。だから夫の姓に合わせてルーシー・ガーハートになり、十一年間そうだったのだが、しっくりしないことは確かだった。それでウィリアムの母親が亡くなってからまもなく、運転免許の名前を元に戻そうと手続きに行ったら、意外に面倒なもので、裁判所の書類を持って出直すように言われてしまって、そのようにした。

私はまたルーシー・バートンになった。

この結婚は、かれこれ二十年近く続いて、それから私は彼と別れた。娘が二人いる。ただ、どういうわけか何となく、いまにいたるまで友好関係はある。離婚というのはひどい話になりがちだが、私たちの場合、別れるには別れたとして、そこまでひどくはない。もちろん別れのつらさ、娘たちに味わわせたつらさに、もう生きていられないと思ったりもしたけれど、実際に死ぬことはなくて、まだ私は――そしてウィリアムも――生きている。

私は小説家なので、書いていると小説みたいになってしまうが、これは本当の話である。これより本当のことは書けない。つまり私が言いたいのは――いや、どう言ったらいいのやら、ともかくウィリアムについて書けるのは、私が本人の口から聞いた、または自分の目で見たことだ。

では、ウィリアム六十九歳の時点から、この話を始めよう。まだ二年とたっていない。

＊

見た目――

ウィリアムは、研究所の助手に「アインシュタイン」と呼ばれるようになって、悦に入っているらしかった。その顔が似ているとは到底思われないのだが、助手である若い女がそう言ったのも無理はない。ウィリアムは口にひげを生やしている。たっぷり生えた全体が白くて、うっすらと黒っぽいところもあるが、一応の手入れはしている。髪の毛も分量があって白い。ちゃんと切りそろえているが、頭から突き出しているようだ。背丈のある男で、服装には気を遣う。また何とかと紙一重みたいな顔はしていない（アインシュタインはそんな感じだったような気がする）。いつものウィリアムは人の好さそうな顔にがっちり固まっている。めずらしく上を向いて大笑い、ということがないわけではないが、しばらく私には見せていない。目は茶色で、しっかり開いている。年齢とともに目がしょぼしょぼする人もいるが、ウィリアムはそうではない。

さて――

いつもの朝、ウィリアムは、リバーサイド・ドライブにある広々としたアパートで起床する。紺色のコットンカバーがついたふわふわの上掛けをはね上げて――という場面を考えよう――彼の妻はキングサイズのベッドで眠ったままだ。とりあえずバスルームへ行く。

いつものことで起き抜けの身体はぎくしゃくするが、いくらか運動をすることにしているので、居間へ行って、アンティークなシャンデリアの下で、大きな赤と黒のラグの上に寝そべり、自転車漕ぎで両脚を回しては、あっちへこっちへ伸ばしている。それからハドソン川を見下ろす窓辺に置いた大きな栗色の椅子に移って、ラップトップの画面でニュースを見る。どこかの時点でエステルが起きてきて、眠そうに手を振ってから娘を起こしに行く。ブリジットは十歳になる。ウィリアムがシャワーを浴びてしまえば、親子三人がキッチンの丸テーブルについて朝食だ。こんな日常をウィリアムは喜んでいる。娘はよくしゃべる。それもうれしいことだ。小鳥の声を聞くような、と彼は言ったことがある。おしゃべりは娘の母親も同じだ。

アパートを出ると、セントラルパークの中を歩いてからダウンタウン方面の地下鉄に乗り、十四丁目駅で降りて、あとは徒歩でニューヨーク大学へ行く。こうして毎日歩くのが楽しかった。もちろん若い人の速さには負けていて、食品袋を持った人がぶつかりそうに通り過ぎていく。ベビーカーに小さい子供を二人乗せた人もいる。あるいは耳にイヤホンをつけて、スパンデックスのタイツをはいた人。またヨガマットをストラップで肩にかついで通る人。だが歩いていると、もっと遅い人がいると思って安心もする。歩行器に頼る老人、杖をつく老女、あるいは彼と年格好は似ているが、ずっと動きが鈍い人——ということで、おれはまだ健康に生きていて、せわしない世の中も恐るるに足らずと思う。一日に一万歩を超えて歩いているのが自慢である。

まあ、つまり、ウィリアムに(ほとんど)不安はなかった、ということ。

こうして歩いている朝に、ああ、あれが人ごとではなくなるのかもしれない、と思うことはある。車椅子に乗った老人が、セントラルパークで朝の光を浴びている。介護者はベンチに坐ってスマホに文字を打っている。老人の頭は胸にくっつきそうに垂れていく――。いや、あっちの男になるかもしれない。卒中の後遺症で片腕がねじれたようになり、がくがく不安定に歩いている――。だが、すぐにまた、いや、おれは違う、あんなじゃない、と考える。

たしかに、そんなではなかった。すでに言ったが、彼は上背があって、だいぶ年をとったとはいえ（服の上からではわからない程度に出てきた腹を別にすれば）とくに太ったとも見えず、髪は白くなったがまだたっぷり残っている。つまり彼は――ウィリアムなのだ。いまは三度目の妻がいる。二十二歳も年下だ。たいしたものである。

ところが、その彼にも、夜になると恐怖があった。

この話をウィリアムから聞いたのは、ある朝――というのが、いまから二年とまではいかない昔で、アッパーイーストサイドの店でコーヒーを飲んでいた朝のことだ。会った場所は、九十一丁目とレキシントン街の角にあるダイナーだった。ウィリアムは金持ちなので、よく寄付をする。その一つが青少年向けの病院で、私が住む近所にある。それで会合があった朝には、ついでに私を電話で呼び出し、角の店でコーヒーに付き合わせることもあったのだ。この日は三月で、ウィリアムが七十になるまでには、しばらくの間があった。店内の隅の席に坐ると、窓ガラスには聖パトリックの日を記念してクローバーの絵が描かれていたが――この日、いつもよりウィリアムは疲れているようだった。そう思ってしまった。ふだんのウィリアムなら、年齢とともに見かけがよくなる人らしいと思うことが多い。ふさふさの白髪頭のおかげで、偉い人のようにも見える。ちょっとだけ長めにカットした髪が、やや浮き上がっている印象だ。その逆に大きな口ひげは垂れ下がっている。頬骨がいくぶんか張ってきて、目の色は昔からくっきりと濃い。ちょっとおかしな気がするのは、じいっと見てくる(が嫌味はない)と思うと、きらりと見通すような目になることがあるからだ。といって、あの顔で何を見通しているのだろう。いまだにさっぱりわからない。

あの日、あの店で、「最近どうなの、ウィリアム」と言った私は、いつものような答えが返ると思っていた。つまり、皮肉っぽい口をきいて、「そりゃもう結構なもんだよ、ルーシー」と言うだろうと思ったのだが、その朝の彼は「まあな」と言っただけだった。長い黒のオーバーコートを着ていて、これを脱ぐと隣の椅子の背に掛けてから坐った。スーツは注文の仕立てだった。エステルと出会ってからは注文服ばかりになったようで、肩の線がぴたりと決まっている。それがダークグレーで、シャツが淡い青、ネクタイが赤だった。厳粛な趣がある。坐って腕組みをしていたが、それは彼としてはよくあることだ。「いい感じじゃないの」と言ったら、「ああ、どうも」と答えていた(ウィリアムから私には、いいねとか、きれいだとか、元気そうだとさえも言ってくれたことがなくて、これだけ何年も顔を合わせているのだから、一回くらい言えばいいのにと思うのが正直なところだ)。彼は二人分のコーヒーを注文して、ひげを軽くつまみながら、店内をきょろきょろと見ていた。しばらく娘たちの話をしてきたが――彼は次女のベッカを怒らせたかもしれないと思っていて、ある日、たいした用もなく電話したら、なんだか素っ気ない返事だったそうなので、いまは放っといてあげてよ、やっと家庭が落ち着いてきてるんだから、と私は言った――そんな話があったあとで、ウィリアムは私の顔を見て、「なあ、ボタン、ちょっと言っときたいことがあって」と切り出した。すっと顔を寄せて、「ここんとこ夜中に恐ろしくてかなわないことがある」

こんな昔の愛称で私を呼びたがるとしたら、いつもの彼とは様子が違うと思ってよい。そう言われると、私もどきっとする。

「こわい夢を見る？」

どうだろう、というように首をかしげてから、彼は言った。「いや、目が覚める。まわりが暗いと、いろんなものを思いつく。――こんなこと、いままでになかった。それが恐ろしいんだよ、ルーシー。まったく恐ろしい」

ウィリアムは、またせり出してきて、コーヒーを置いた。

その彼を見ながら、私は言った。「それって、たとえば、飲んでる薬が変わったとか？」

彼はわずかに顔をしかめて、「いや」と言った。

それで私は、「睡眠薬でも飲んだら」

すると彼は、「そういうのは飲んだことなくてな」と言った。これは驚くまでもない。女房は飲んでるが、と彼は言った。エステルは何種類でも飲んでいる。寝る前に何をどれだけ口に入れるのか、もう彼は知ろうとも思わなくなった。「さあ、お薬の時間」と明るく言った彼女が、三十分もすれば眠っている。まあ、それはともかく、と彼は言った。彼は服用せずに眠る。それから四時間くらいで目が覚めて、また恐怖が来る。

「じゃ、聞くわ」私は言った。

それで彼が話した。私にはちらちらと目を向けるだけ。いまも恐怖のさなかにいるような口ぶりだ。


恐怖その一。その正体はわからないが、彼の母親に関わっていた。名前はキャサリン。もう何年も前に死んだ人だけれど、夜の恐怖にあっては、その存在が感じられてならず、しかも好ましいものではない。彼は母親を愛していたつもりなので、こんなことになるとは思わなかった。一人っ子だったウィリアムは、あの母が息子に向ける（静かに）猛烈な愛にも疑問を持っていなかった。


ベッドで目が覚めていて、すぐ横で妻が眠っている。そんなときに恐怖が来ると（あの日、そうと言われて、やってらんないわと思ったのだが）その恐怖を乗り越えようとして私のことを考える。いまも私がどこかで生きている（それはそうだ）と思うことが慰めになるらしい。というのも、どうしても必要な場合には——と、コーヒーカップのソーサーの上でスプーンの位置を気にしながら言うのだったが——真夜中だから遠慮はするけれど、ひょっとして、どうしてもという場合には、もし電話したら出てくれるんじゃないかと思う。私の存在が何よりの慰めになると思って、ようやく眠りに戻るのだという。

「そりゃまあ、電話くらい、かまわないけど」私は言った。

するとウィリアムは大きく見開いた目になって、「そうだよな。そこんとこを言いたかったんだ」

その二。これはドイツおよび彼の父親と関わる。この人はウィリアムが十四歳の年に亡くなった。もとはドイツ人で、第二次大戦中に捕虜となり、メイン州のジャガイモ畑で働かされた。行った先で出会った女がウィリアムの母になるのだが、当時はジャガイモ農家の妻だった。ウィリアムとしては、父親がナチの側で戦っていたのだから、そんなところに恐怖の最たるものがあったのかもしれない。この動かしがたい事実が、ウィリアムの夜を騒がせ、恐怖を引き起こすこともあったのだ。彼の脳裏には（私とのドイツ旅行で見学した）強制収容所がありありと浮かんでいた。ガス室の光景も見えるようだ。そうなると、もう起き上がって居間へ行き、明かりをつけて、カウチに坐り、窓の外の川を見た。私のことでも何でも、どれだけ考えたとしても、そんな恐怖に抗しきれるものではない。母親にまつわる恐怖ほどに何度も来ることはなかったが、来てしまえばどうしようもなかった。

もう一つ。これは死に関わっている。去る、という感覚だ。そろそろ世を去るような気がしていて、しかし来世があるとは思っていないので、だから恐ろしくなる夜がある。たいていはベッドに寝ていられるが、起き上がることもなくはない。居間へ行って、窓辺にある大きな栗色の椅子に坐り、しばらく本を読んで――伝記を好む――また眠れそうになるのを待つ。

「いつから、そうなってるの？」私は言った。この店は昔からの老舗で、いまの時間だと、かなりの客が立て込んでいる。さっきコーヒーが運ばれてから、もう四度も白い紙ナプキンをテーブルに置かれた。

ウィリアムは窓の外に目をやって、座席つきの歩行器を押して歩く老婦人を見ているようだった。ゆっくりした動きで、腰が曲がって、向かい風にコートをあおられている。

「もう何カ月かな」彼は言った。

「いきなり、そんなことになった？」

と言った私に、彼が目を合わせた。濃い色の目の上で、眉毛がもじゃもじゃになってきている。「だったと思う」わずかに間を置いてから、彼は座席にもたれて、「おれも年だってことかな」

「まあね」とは言ったものの、どうなんだろうと思った。私から見るウィリアムは、ずっと不思議な人だった。娘二人にもそう見えている。ちょっと聞くだけのつもりで、「どこかへ相談に行くなんてことは？」

「まさか」という返事はちっとも不思議ではない。彼の言いそうなことだ。「しかし、ひどいものはひどい」

「もう、ピリー」私もはるか昔の愛称を返した。「大変なのねえ」

「あんなドイツ旅行、するんじゃなかったよ」彼は紙ナプキンを一枚取って、鼻の頭をぬぐった。それから——よくあることで、ほとんど反射的に——ひげを撫でつける手つきになった。「いや、まったく、ダッハウ収容所なんて見なきゃよかった。目に浮かんでたまんないんだよ。あの焼却棟ってやつ」と言って、私をちらっと見ながら、「内部を見なくて正解だったな」

あれを忘れていないのか、と私は思った。二人でドイツ旅行をした夏に、ガス室やら焼却棟やら、そういう施設跡の見学で、私だけは中に入らなかったのだ。あの当時、もう私には自分という人間がわかっていて、やめたほうがいいと思ったから、やめておいた。あれはウィリアムの母が亡くなった翌年で、娘らは十歳と九歳。そろって二週間のサマーキャンプへ行っていたので、私たちはドイツへの旅をした。でも私は一つ条件を出して、別々の飛行機に乗ろうと言った。もし墜落して二人いっぺんに死んだら、娘らが孤児になる。そんなことに怯《おび》えたのだが、あとで考えれば馬鹿な話で、車がびゅんびゅん飛ばしているアウトバーンで二人とも事故死する確率だって相当なものだった。ともあれドイツへ行ったのは、ウィリアムの父親のことをできるだけ知りたかったからだ。ウィリアムが十四歳の年に死んだということは、すでに述べた。腹膜炎になってマサチューセッツの病院で死んだ。ポリープの切除から腸に穴があいたのが命取りになった。つまり理由があってドイツへ行った。それより何年か前に、いきなりウィリアムが金持ちになったのだが、それで彼の祖父という人が戦争成金だったこともわかった。三十五歳になったウィリアムに、信託されていた財産が転がり込んだのである。それが心労の種にもなっていたので、あの夏、思いきってドイツへ飛び、祖父に会うことにした。もう大変な高齢になっていた。ウィリアムの伯母にあたる人も二人いて、どちらも礼儀は見せるが、冷たい印象があった。小さい目を光らせたような老人には、まったく好感を持てなかった。あの旅は、私にもウィリアムにも、後味の悪いものになった。

「ま、あのね」私は言った。「夜がこわいとか、そういうのって、いずれは終わると思うのよ。一過性というのかな、時期が来ればどうにかなるんじゃない」

　ウィリアムはまた私に目を合わせて、「たまんないのは、キャサリンがらみの話でね。

どうなってるのか、さっぱりわからない」ウィリアムは母親のことを言うのに、いつも名前で呼んでいた。じかに話しかけるときもそうだったので、「ママ」なんて言ったのを聞いた覚えがない。もう彼はナプキンをテーブルに戻して立ち上がった。「じゃ、そろそろ行かないと。こうして会えるのはありがたいよ、ボタン」

「いつからだっけね、コーヒー飲むようになったの」

「長いな」かがんで私にキスをする彼の頬に、ひんやりした感触があった。ひげが私の頬に少しだけざらついた。

私が窓の外に目をやって、歩きだした彼を見ると、地下鉄の駅へ急ごうとしながら、彼にしては姿勢がよくなかった。ああいう後ろ姿には心が痛む、と思わなくもなかったが、それもまたいつものことだ。会えば会ったで、そんな気がした。


日中の時間帯に、ウィリアムは研究室へ出ている。寄生虫の研究が専門で、長いことニューヨーク大学で微生物学を教えていた。いまでも研究室を使わせてもらって、学生の助手が一人ついている。もう教職からは退いたが、授業をしなくなって、それで惜しいとも思わないのが驚きだ、と最近の彼は言った。いま思えば教壇に立つと不安でどきどきした。そういうことだったと、教えるのをやめてからわかった。

そんなことが、どうして私にも気になるのか。たぶん、ちっとも知らなかったから。彼自身も知らないことだったから。

まあ、ともかく、いまの彼は、毎日、十時から四時まで大学に行って、論文を書いたり、研究をしたり、また学生助手の指導もする。ときどき——年に二、三回だろうか——学会に出て行って、同じ分野の科学者を相手に論文の発表をしていた。

あの店で会ってから、ウィリアムに二つの出来事があった。それについては、すぐにまた話すことにしよう。

*

とりあえず、彼の結婚歴を、簡単に。

まず私、ルーシー。

シカゴ郊外の大学で、私が二年生になって生物学の授業に出たら、彼は院生として教育助手をしていた。それが出会いになった。七つ年上の人だった。もちろん、いまでも七つ上。

私はとんでもなく貧乏に育った。これは一つの要点になる。残念ながら、否定できない。イリノイ州の真ん中の、ちっぽけな家の娘である。ちっぽけであっても、その家で暮らせるようになるまでは、つまり私が十一歳になるまでは、ガレージに間借りしているだけだった。ガレージの暮らしだと、トイレは据置型で消臭剤を使った。がたついて壊れやすいので父が怒り狂っていた。ほかに屋外の便所もあったが、いくらか原っぱを歩くことになる。いつだったか母におかしな噂を聞かされた。ある男が殺されて、首を切られ、その首をどこかの便所に放り込まれたという。私はむやみやたらにこわがって、屋外便所で蓋を持ち上げると、男の目玉が見えるような気がしてならなかった。それで、もし誰もいなければ、原っぱで用を足してしまったりもしたが、冬場だと身にしみてつらかった。ほかに小さいポータブルの便器もあることはあった。

住んでいた場所は、トウモロコシ畑、大豆畑が、どこまでも広がっている土地の真ん中だ。兄と姉がいて、両親ともそろっていた。ところが、ガレージでも、ちっぽけな家でも、どん底のひどいことばかりで、すでに多少は過去の文章に書いたが、あらためて書こうという気にはなれない。とにかく、めちゃくちゃに貧乏だった。でも一つだけ言っておく。十七歳だった年に、全額支給の奨学金でシカゴ郊外の大学に入れることになった。高校から上に進学するというのは、一家の中で私が初めてだった。進路指導の先生に大学まで車に乗せていってもらえた。ミセス・ナッシュという人だ。八月下旬の土曜日、朝十時に、この先生が迎えに来てくれた。

前の晩、荷物は何に入れていこうかと母に聞いたら、「そんなもん、どうとでもしなよ」と言われた。それでもう仕方なく、キッチンの流しの下にあった食品の紙袋二枚と、父のトラックから持ってきた箱一つに、なけなしの衣類を詰め込んだ。翌朝、九時半に、母が車で出かけようとするので、私は長い未舗装の道に飛び出して、「ママ！　ママっ！」と叫んだのだが、母は車を止めようとせず、「縫いもの、直し、いたします」という手書きの看板を出していた分岐点から街道へ出て行った。兄と姉は、どこへ行ったのだったか覚えがないが、とにかく家にいなかった。十時ちょっと前に、もう出ようと思ったら、父が「もう忘れ物はないか、ルーシー」と言った。父を見たら、その目に涙があった。「うん、全部持った」と答えたものの、大学では何が必要になるのか、さっぱりわかっていなかった。父は私を抱き寄せ、「おれは、うちの中にいる」と言った。わかるような気がして、私は「じゃあ、あたし、外に出て待ってるから」と言い、わずかな衣類の袋と箱を持って道に立っていたら、ナッシュ先生の車がやってきた。

先生の車に乗った瞬間から、私の人生が変わった。ああ、変われば変わるものだ！


そしてウィリアムと出会った。


まず言ってしまえば、いまでも私はすごく怖がりだ。若かった時期の後遺症に違いないが、なにしろ怖がりなので、たいていは日が暮れて夜になると、それだけでこわくなったりする。いやなことがあるという予感めいたものが働くこともある。ただ、ウィリアムと出会った当時だと、はっきりした自覚は出ていなくて、何となく、私はこんなものだと思うだけだったようだ。

だが、そろそろウィリアムとの結婚から離れようとしていた頃に、ある精神科医の診断を受けた。きれいな女医さんだったが、初診の日にいくつか質問があって、それに私が答えてから、すっと眼鏡を頭に上げた彼女は、私のどこがおかしいのか、その病名を口にした。「ルーシー、これは立派なＰＴＳＤですよ」そう言われて救われたのでもある。名前がついて助かることだってある。

娘がどちらも大学へ行く時期になって、ウィリアムと別れた。私は作家になった。もともと書いてはいたのだが、著書として出版するようになった。それまで一冊だけだったのが、何冊も続くようになった、ということ。

ジョアン。

私との結婚が終わってから一年ほどで、ウィリアムは再婚した。それまで六年も関係のあった女だ。もっと長かったのかもしれないが、どうだろう。ジョアンという女は、私ともウィリアムとも大学以来の知り合いだ。見かけは私と正反対で、背が高く、髪は色が濃くて長い。おとなしい人である。ところがウィリアムと結婚してから、ひどく辛辣《しんらつ》になった。これは彼にも予想外だった(と最近になって聞いた)が、彼女の気持ちとしては、それまで愛人だった年月に出産の機会を逃したということで――あの両名とも「愛人」とは言わなかったとして、いま私はそのように言わせてもらう――いよいよ結婚生活におさまってからの彼女は、すでに二人の娘が存在することに心穏やかではなかったらしい。彼と私との間に生まれて、幼い頃からジョアンも知っていた二人である。そのうちに夫婦でカウンセリングに行くことになった。彼としてはおもしろくない。行ってみたら、女性のカウンセラーはなかなかの知性派だったが、どうもジョアンは物足りないと、初めてそんなことを彼は思った。地味すぎるグレーの布張りカウチがあって、回転椅子に坐ったカウンセラーと向き合い、一つしかない窓にはライスペーパーのシェードが掛かって、ビルの吹き抜け部分を見えなくしているという、まるで自然光の入らない相談室。ここに来て、ようやくジョアンという女についてわかった。その知性は平凡なものでしかない。こういう女にずっと何年も惹かれていたのは、それが妻(ルーシー、この私)ではなかったからだ。

八週間、彼は我慢して、カウンセリングに付き合った。もう別れの近づいた夜に、ジョアンが静かに言った。「あなたって人は、ないものを欲しがるだけなんだわ」彼は腕組みをして――そうだったろうと私は思うが――ただ黙っていた。七年続いた結婚が終わった。

私は彼女が嫌いだ。あのジョアン。私は嫌い。

エステル。

彼が三度目に結婚したのは、ちょっと気の利いた（ずっと年下の）女で、子供が一人生まれている。ただ、出会った当初には、彼はもう子供は望まないと何度も言い聞かせた。あとで妊娠したことを彼に知らせたエステルが、「パイプカットでもしてればねえ」と言ったことを、彼は決して忘れなかった。そういう処置をすればよかったが、そこまではしていなかった。彼女が妊娠を意図していたと察知するにおよんで、すぐさま――彼女には言わず――今度こそ思いきって手術をした。しかし、いざ娘が生まれてくれば、年のいった父親が幼いわが子にどうなるのかわかった。かわいいのだ。かわいくてならなかった。ところが、この娘を見ていると、もちろん小さい頃にはそうだったし、大きくなればなったで、なおさらそうだったが、私との間に生まれた二人が思い出されてならなかった。また再度の家庭を持った男の話を聞くと――自分でもそういう立場だと思いながら――どうしても下の子にかまけるので、年長の子がやっかみを覚えるとか何とかいうことだが、いや、おれは違う、と心中ひそかに思っていた。というのもエステルが産んだブリジットという娘がいればこそ、最初の二人に対する昔なつかしい愛着が、腹の底から湧いて出て、へなへな崩れそうになることさえあったのだ。この二人は成人して、とうに三十を超えていた。

彼は昼間の時間に電話をかけて、うっかり「ルーシー」と言ってしまうことがあったが、エステルは笑って受け流していた。

＊

次にウィリアムと会ったのは、彼が七十歳になる誕生日のパーティだった。エステルが自宅アパートに人を招いたのが五月の下旬。晴れていたが肌寒い夜だった。私の夫デイヴィッドにもお呼びがかかったのだが、ニューヨーク・フィルでチェロを弾いている夫には演奏会の予定があったので、私一人で出かけた。娘のクリッシーとベッカはそれぞれ夫婦同伴で来ていた。すでに私も二度は行ったことのあるアパートだ。ベッカの婚約パーティと、クリッシーの誕生パーティ。いずれにしても全然好きになれなかった。やたらに広くて、入っていくと、ずらずらと部屋が続いたが、全体に暗い感じがして、私の趣味からすれば凝《こ》りすぎだと思った。とはいえ私の趣味で言うなら、たいてい何でも凝りすぎに思える。私の知り合いで、やはり貧乏に育ったという人を見ていると、その埋め合わせに贅沢《ぜいたく》なアパートに住みたがることが多い。でも私がデイヴィッドと住んでいたアパートは――いまでも住んでいるが――すっきりした住居である。デイヴィッドも貧しい家に育った。

ではエステルはと言うと、ニューヨーク州ラーチモントの出で、裕福な家の娘だった。ウィリアムと二人で築いた家庭は、私から見れば家庭らしくもなく、どうしてこうなるのかとしか思えなかった。つまり、ずらずら続く部屋はフロアがすべて木材で――上等なラグが敷いてあって――どこを出入りしても周囲の壁は木材という、とにかくダークウッドをふんだんに使った色調で、あちこちにシャンデリアがあって、キッチンはわが家の寝室くらい広くて――まあ、ニューヨークのキッチンとしては巨大だろう――クローム製の部材も多いが、やはりダークウッドが使われて、戸棚でも何でも、またキッチンの丸テーブルも、ダイニングルームのずっと大きな長テーブルも、そういう木製になっている。どこにでも鏡がある。家具類も贅沢なものらしい。窓辺にある栗色の椅子はふっくらと大きく、ダークブラウンのカウチにはビロードのクッションを置いていた。

私には全然だめ、ということを言っている。

ウィリアムの誕生パーティがあった夜、私は街角のマーケットに立ち寄り、白いチューリップを三束買っていった。そんなことを思い出すと、人間は自分の好みを基準にしてプレゼントを選ぶものだとよくわかる。アパートへ行ったら、かなりの人が来ていた。思ったほどではなかったかもしれないが、それでも私は不安になる。ああいう場面は苦手だ。誰かとの話が始まって、そこに別の人が来ると、こちらが遠慮して話を止めて、また話しだすのだが、もう相手の目がふらふらして定まらない――というようなこと。ひどく気疲れする。ただ、うちの娘たちは如才なく立ち回って、ブリジットにもお姉さんらしいところを見せてくれたので、私は内心ほっとしていた。ふだんの口ぶりからすると、あの二人はブリジットに心優しいとまでは言いかねる。また、そうであって無理もない。ブリジットは頭が空っぽというか、薄っぺらというか、そんなような言い分だが、なにせまだ小さくて、かわいらしくて、本人もそのつもりでいる。金持ち娘でもある。いずれにせよ彼女のせいではない。あの子の顔を見るたびに、私はそう思うことにしている。どうせ私には他人である。私の娘たちには血縁だ。まあ、そういうこと。

年配の出席者も目立っていた。かつてニューヨーク大学でウィリアムと同僚だった面々が、その奥さん連と来ていたのだ。何人かは私とも昔の顔見知りと言えた。それはそれとして、くたびれる。またパム・カールソンという女がいた。もう何年も前にウィリアムと同じ研究所にいたらしい。だいぶ酒が入っていたが、そう言えば見覚えがなくもないと思った。私を相手にして、おしゃべりを止めようとせず、さかんに初婚の夫ボブ・バージェスの話をしていた。覚えてます？　と言うので、いえ申し訳ないけど、と答えた。この夜のパムはスタイリッシュな装いをして、あのドレスは私だったら絶対に着ない――身体にぴったり合っている――と思うのだが、それを難なく着こなしていた。黒のノースリーブで、何とまあ、襟ぐりが深いことかと思った。その腕を見れば、すごく細くて、私と同じような年だろうに、まだまだジムで鍛えているに違いなかった。ちなみに私は六十三だ。酔っている彼女が、なんだか痛ましくもある。ちょこっと顔の向きを変えて、やや離れて立っていた現在の夫を示しながら、あの人を愛してはいるけれど、ついボブのことを思い出したりもする、あなたもウィリアムのことでそうなるんじゃないの、と言うので、「まあ、たまには」と答えてから、その場をごまかして歩きだした。私だって酒は飲んでいたので、あのパムを相手にウィリアムの話をして、どんな場合になつかしくなるのか言ってもよかったのかもしれないが、結局そんな気にはならず、ベッカがいるほうへ寄っていったら、この娘が私の腕を撫でさすって、「はい、ママ」と言った。するとエステルが乾杯の発声をした。スパンコールを埋め込んだドレスが、きれいな肩の線を描いている。いい女っぷりだ。ワイルドな茶系の赤毛である。いい髪だと私は思っていた。上手に挨拶しているが、女優という商売柄でもあるだろう。

ベッカが私の耳元で「あたしも、やらなくちゃ！」と言うので、「やめときなさいよ。なんでそう思うの」と言ってやった。

そうしたらクリッシーが先を越して実行した。これまた上手にやってのけて、もう全部は覚えていないが、エステルに勝っていたかどうかともかく、負けてはいなかった。そのスピーチのどこかで、父親の研究について触れていたと思う。多くの学生を育てたというようなことも言っていた。クリッシーは父親に似て背が高く、落ち着いたところがある。昔からそうだ。ベッカが茶色の目に不安をちらつかせて、「じゃ、ママ、やるわよ」と小声に言ってから、グラスを持ち上げ、「パパ、愛してる、っていうのが私からの乾杯。それだけです。愛してまーす」それで拍手が起こって、私がベッカを抱きしめると、クリッシーもやってきた。この姉妹は仲がいい。ずっとそうだった。いつ何時も、と思えるくらいで、めずらしいほど近しい。どちらも現住所がブルックリンで、二ブロックしか離れていない。私はそれぞれの夫とも、いくらか話をした。クリッシーの夫は金融の仕事をしている。ウィリアムや私には、よくわからない商売だ。ウィリアムは科学者で、私は作家だから、というだけのことだが、そういう業界の人とは縁がない。この男も抜け目のなさそうな顔をしている。ベッカの夫は詩人だというのだが、まあ何ともはや、自己中心型かもしれない。するとウィリアムも来たので、しばらく話を弾ませていたら、どこからかウィリアムにお呼びがかかった。彼は腰をかがめて「ありがとう、ルーシー」と言った。「来てくれてよかった」

ウィリアムと夫婦だった日々には、時として、いやな人だと思うこともあった。穏やかな物言いをする距離感に、それ以上には近づけない気がして、胸の中に円盤を詰めたような重苦しさがあった。いや、もっとひどい。どれだけ穏やかであっても、その表層の下に、ひねくれた子供がいる。その魂に、むっとした顔がちらつく。ぽっちゃりした子供が口をとがらせて、誰それがいけない、と人を悪者にする。私のせい、と言いたげなことも多かった。いまの生活とは関係なさそうなことにも、そんな気配を見せた。私に「スイートハート」などと言ってコーヒーを淹《い》れてくれながら、そうなることもあった。あの当時、彼はまったくコーヒーを飲まなかったが、毎朝、私には一杯の用意をして、苦難を忍ぶような顔をしていた。

どうでもいいのよ、そんなもん、と叫びたくなることもあった。コーヒーなんか自分でつくるからいい。それなのに私はコーヒーを受け取って、彼の手に触れた。「ありがと、スイートハート」そんなことを言ってから、また一日が始まった。

＊

あの夜、タクシーに乗って帰る途中、市街からセントラルパークを抜けながら、エステルのことを考えた。たいした美人だ。ワイルドな茶系の赤毛、きらきらした目。すごく人柄がいい。あいつは――とウィリアムに聞かされたことがある――落ち込むということがない。そんなことを私に言うのは、無意識のうちに意地が悪いのではないかと思った。ウィリアムとの結婚期間に、私はよく落ち込んで、鬱《うつ》っぽくなることがあったのだ。でも、あの夜には、落ち込まない人でよかったじゃないの、と思った。彼女はウィリアムと知り合った頃には、すでに舞台女優として出ていた。ウィリアムも一回だけ彼女の芝居を見た。もう再婚してからのことで、『製鉄マンの墓』という小規模なオフオフブロードウェイの上演だった。ある晩、私も夫と連れ立って、またウィリアムも一緒に、その芝居を見に行った。舞台でのエステルにはびっくりで、せりふの合間には、まるで誰かをさがすように視線が客席に流れてしまっていた。その後、自宅の大きな居間を歩きながら、ガートルードとかヘッダ・ガーブレルとか、そんなような役の練習をして、どれだけのオーディションを受けたのかわからない。ちっとも合格しなくても、あいかわらず陽気だった。何度かコマーシャルに出たことはある。たとえばニューヨークのローカル局で、消臭剤の効能を語っていた。「わたしに、ぴったり」と言ってから、ウィンクして、「それに、きっとカメラに指先を向け、「あなたにも」

すてきなご夫婦、などと人からは言われていたようだ。エステルは、ちょっと取り散らかったところはあるが、よき母親にはなっていた。そのようにウィリアムは、また私も、思っていた。ブリジットもまた取り散らかったような子で、見た目には母親似だったから、きれいな親子だと思う人も多かった。ある日——とウィリアムから聞いたことがある——ならんで歩く二人を見たそうだ。ヴィレッジの衣料品店から出てきたばかりのようだった。笑い合う親子の仕草がそっくりなので、びっくりして見ていたのだという。エステルが彼に気づいて、思い切り大きく手を振った。そういうことをウィリアムはしない。その日は、彼女に冗談ぽく叱られた。「妻が夫を見て喜んでるんなら、夫にも態度で見せてもらいたいって思うじゃないの」

＊

最近、自宅アパートで、窓から都会を見ながら坐っていて――ここから（いまは一人になって）見ると、ニューヨーク市街、またイースト川が、なかなかの景観を呈するのだが――都会の夜景、だいぶ遠くのエンパイアステートビルを見ながら思ったのは、ミセス・ナッシュのことだった。高校で進路相談を担当して、私が大学へ行く初日に車で送ってくれた先生である。いい人だった！　車を走らせていた先生は、いきなり有料道路から折れて、あるショッピングモールへ行くと、私の腕をぽんぽん叩きながら、「降りて、降りて」と言った。それでモールの店内へ行ったのだが、先生は私の肩に手を置いて、じっと目を見てきた。「じゃ、ルーシー、返すのは十年後でいいからね」そう言って、衣服を買い整えてくれた。長袖Tシャツを色違いで何枚か。スカートとブラウスを二着ずつ。その中の一着は、かわいらしい農家風のブラウスだった。あの先生について一番大事な記憶になったのは、下着まで買ってくれたことだ。こんなのがあるのかと思うような、かわいい下着がそろった。ぴったりと合うジーンズも買ってもらえた。それにスーツケースも！　ベージュ色に赤いトリムがついていた。車に戻ってから、先生は「あ、そうだ。もう入れちゃいましょ」と言って、トランクを開けた。そこに置いたスーツケースを開けておくと、すごく小さなハサミで――私が知らなかっただけのことで、あれはネイル用のハサミだったが――丹念に気を遣って値札を取っていった。そして私のものになった衣類を、二人でスーツケースに詰めた。あのナッシュ先生は、そういう人だった。だが十年とはたたないうちに先生は死んでしまった。交通事故だった。だから先生には何も返せないまま、ずっと忘れられない人になっている（後年、キャサリンに連れられて買い物に行けば、ナッシュ先生との一日を思い出さずにはいられなかった）。あの日、先生の車で大学に到着した私は、冗談めかして「母と来た娘みたいになってていいですか？」と言った。すると先生は、えっ、という顔をしながら、「いいですとも、ルーシー」と言った。先生のことをママと言ったりはしなかったが、私と寮にも行って、うまく挨拶していた先生は、本物の母親だと思われたことだろう。

私は絶対に――もう絶対に――いつまでも、あの人が好きだ。

＊

パーティから何週間かあと、ウィリアムが研究室から電話をよこして――私に電話するのは職場に出てからになりがちで――こないだは来てくれてありがとうと言った。「楽しめたかい？」とも言うので、まあねと答えてから、あの場でパム・カールソンと話し込むことになって、ボブ何とかいう前夫の話を聞かされたと伝えた。しゃべりながら私は川を見ていた。すごく大きな赤い運搬船が、タグボートに押されて通っていた。

「ボブ・バージェスだな」ウィリアムは言った。「いいやつだったが、子どもができないとわかったんで、彼女は別れた」

「やっぱり昔の同僚？」

「いや、そいつは弁護士で、社会活動みたいなことをしてる。その兄貴がジム・バージェスといって――ほら、覚えてるか、ウォリー・パッカー裁判てのがあったろ、あの弁護を担当したのが兄貴のほうだ」

「そうなの？」ウォリー・パッカーというのはソウルシンガーで、愛人を殺したという容疑がかかった。それを無罪に持ち込んだのが、ジム・バージェスなのだった。もう何年も前の事件だが、当時は、その裁判が大きく取り上げられた。テレビでも報道され、国中の話題になったものである。私にはウォリー・パッカーは無罪だと思えていた。そんな覚えがある。ジム・バージェスは弁護士として立派だとも思った。

しばらくその話になって、ウィリアムは以前に言ったことをまた言った。あれを無罪と思うとはバカじゃないのかという説だ。まあ、聞き流しておいた。

それよりも私はウィリアムに話を振った。「あなたは、楽しかったの？」

ちょっと遅れて返事があった。「そう、だったと思う」

「思うって、どういうこと？　エステルが頑張って準備したパーティなんでしょ」

「あれは業者に頼んだんだ」

「だから何よ。そういう準備はしたってことじゃないの」川を行く運搬船に速度が出ている。あんなに速く動ける船なのかと、いつも思う。空荷だったのか、快調だ。黒っぽい船底付近まで見えている。

「うん、そう、それはそうなんだ。すごいパーティだった。じゃ、まあ、そういうことで」

「ねえ、ビル」と私は言った。「ちょっと聞いとくけど、このごろ夜はどうなってる？　ほら、こわいものが出るとかって」

彼の声音からして、そのことで電話してきたのはわかっていた。「それなんだよ、ルーシー」彼は言った。「きのうの夜も、そうだった――いや、けさの三時頃かな。キャサリンが出て――。まったく変な話なんだが、何と言ったらいいのか、そこいらに彼女が浮いてるみたいなんだ」ちょっと間があって、また彼は言った。「こうなったら薬に頼るしかないのかもしれない。いまのままだと厳しい。――だからその、キャサリンがいるみたいなんだよ。存在を感じるというか。そういうのって、いいことじゃないだろ」

「ああ、ビリー。そりゃ困ったわねえ」

もう少しそんなことを言い合ってから、電話を切った。

この電話があってパーティの話をするまで、つい忘れていたことがある。

あの晩、もうグラスを置いて帰ろうと思い、エステルに挨拶するつもりで、いくらか先を歩いていた彼女のあとからキッチンへ行くと、カウンターに寄りかかっている男がいた。エステルの知人で、私も以前に会ったことがある。その男にエステルがそっと話しかける声が聞こえた。「退屈でたまんないでしょ」と言っていたが、それから振り返ると私がいたので、「あら、ルーシー、来てくれてよかった。楽しかったもの」と大げさな声を出した。それで男も同じようなことを言った。いつも人当たりはよさそうだ。やはり演劇の関係者である。私はエステルと他愛のないことを言い合ってから、頬にキスを交わしてアパートを出たのだが、さっきの彼女の声色は気に入らないと思った。ここだけの話とでも言いたいような、（おそらく）彼女も退屈なのだと匂わす口ぶりになっていた。そういうのは好きじゃない。ちょっとそんな気がしたということだが、それを忘れていたのだった。

また（ひょっこり思い出したが）私が持っていったチューリップが、束になったまま、キッチンのカウンターに放置されていた。だからといって、たいして気になったわけでもない。もともとパーティの花は業者が飾り付けていたので、街角で買っていったチューリップが喜ばれると思ったのがおかしい。

やはり引っ掛かっていたのは、エステルの声だ。

＊

あの年は、夏になってすぐ夫が体調を崩し、十一月には死んでしまった。いまはまだそれしか語る気になれないが、ウィリアムとの結婚とは、かなり性質が違っていたのだとは言っておこう。

いや、これも言っておかねばならない。夫の名前はデイヴィッド・エイブラムソンで、どんな人だったかというと——ああ、どう言ったらいいのか、彼は彼だった！　私たちは、まったく本当に、ぴったり似合っていたみたいで——などと言ったら、ありきたりに聞こえるだけだろうが——でも、いまはそんなことしか言えない。

ところが、デイヴィッドが病気だとわかって、ほどなく死を迎えて、その都度、私がまず電話したのはウィリアムなのだった。よく覚えていないが、「ああ、ウィリアム、助けて」とか何とか言ったに違いないと思う。実際、助けられたのだから、そのはずだ。ほかの医者を紹介してくれて、そっちのほうが名医だったとは思うが、いずれにせよ、もう手の施しようがなかった。

夫が死んでからも、ウィリアムの世話になった。実務の方面で面倒を見てくれたのだ。人が死ぬと、いろいろな手続きがある。クレジットカード、銀行口座を始末して、またコンピューターのパスワードがたくさんある。葬儀についてはクリッシーにまかせようと言ったのは、いい思いつきだった。クリッシーも上手に対処してくれた。

すぐに駆けつけてきて泊まり込んだのはベッカだった。私の代わりに泣いてくれたようなものだ。子供みたいにひいひい泣いて、カウチに身を投げ出すと、しばらくしてから何か言って——何だったかわからない——それから二人とも笑いだした。ベッカにはそんなところがある。ひとしきり私を笑わせておいて、もう帰るわ、長居しちゃったと言った。

市内に借りた葬儀場で——その場面は、当時も、いまも、ぼんやりした記憶でしかないのだが——ベッカに耳打ちされたことは覚えている。「パパもあたしたちと前列に坐りたいって」

「そんなこと言ったの？」私がベッカに顔を向けると、この娘は厳かにうなずいた。ああ、ウィリアム、と私は思った。

ああ、そういう人だ。

＊

クリスマスに、エステルから電話があった。うちに来て一緒にクリスマスを迎えないかと言う。それで私は、ご親切はありがたいが、娘たちと過ごすつもりなのだと答えた。そう言ってしまってから、はたと思い出したのが、葬儀の日にウィリアムも前列に出たがったとベッカから聞いたことだ。ひょっとしてウィリアムが娘たちを、また私も、自宅に呼ぼうとしたのではなかろうか。それでよいかとエステルに言ったのかもしれない。そんな考えが心をよぎった。だが、このところ何年も、彼はエステルおよびその母親と、もちろんブリジットもいて、クリスマスを過ごしていたはずだ。エステルの母は、ウィリアムとたいして年齢が変わらない。あのアパートを盛大に飾り付けて、大きなツリーもあるだろう。そのようにベッカから聞いたことがある。〈メイシーズ〉へ行ったみたいよ、と皮肉っぽく言っていた。「じゃあ、〈サックス〉ほど高級ではない？」と私が言って、娘と笑った。また近所のどこかで夜のクリスマスパーティがあるとかで、毎年出かけていたようだ。それをウィリアムは楽しみにしていた。

「ええ、わかった」エステルは言った。「でも、あなたのことを忘れてないいんだと思ってよ、ルーシー。ね？」

「ありがと。ほんとうに」

「デイヴィッドがあんなことになって、さぞ辛いでしょうけど。ねえ、ルーシー、お気の毒に」

「まあ、どうにか。でも心配しないで。ありがとう」また私は言った。「気を遣ってくれて」

「いいのよ」エステルは迷ったようだ。「いいのよ」と、また言った。「じゃあね」

＊

それから年が改まって、ウィリアムには二つの出来事が相次いで生じた。だが、その前に、いくつか言っておきたいこともある。

＊

一月に、ウィリアムが——研究室から電話をかけてきて、娘たちの話をしたあとで——言ったことがある。クリスマスのプレゼントとして、かなり値の張る花瓶をエステルに買ったのだそうだ。以前、ある店で見つけて、彼女が惚れ込んでいた品だという。エステルからはサブスクの会員権をもらった。オンラインで先祖の家系を調べられるサービスだというが、そう言っている声を聞けば、たいして喜べなかったことはわかった。昔からウィリアムには、プレゼントなるものについて、変にこだわりの強いところがある。「いいじゃないの」私は言った。「アイデア賞ね。だって、あなた、おかあさんのことなんて、ろくに知らないんでしょう。いい取っ掛かりかもよ」そんなことを言ったのを覚えているが、彼は「まあな」と返しただけだった。こういうウィリアムを相手にするのは疲れる。立派な好人物らしい態度の下に、いじけた駄々っ子が隠れている。でも、そんなことはいい。もう私の男ではない。電話を切って、やれやれ、と思った。もう私の男ではなくなっているから、ふう、やれやれ、ということ。

＊

ただ、ウィリアムの誕生パーティで、あのパム・カールソンという女ともう少し話をしていたら、一つ言ってやれただろうと思うことがある。デイヴィッドの死よりも何年か前に、彼の甥が結婚するというのでペンシルベニアへ行ったことがある。デイヴィッドはシカゴ郊外でハシディズムの家に育った。神秘主義のユダヤ教である。十九歳で教義を離れた彼は、集団から絶縁されることになって、以後は長らく音信不通になっていたのだが、妹という人からひょっこり連絡があったのだ。もちろん私はよく知らないし、いかにも他人のようだったとしか言えない。私たちが列車で着いた駅まで迎えに来てくれて、その人の運転で暗い道を三十分ほど、どことも知れないホテルに向かった。前夜に雪が降ったという。後部座席の窓から目をこらしても、暗闇ばかりが行き過ぎて、家屋が見えることはめずらしかった。ちらほらと見つかる各種の商店はあり――その一軒に「廃業します」という掲示が出ていて――また倉庫らしき建物もあった。ひどく重苦しい心地がした。ウィリアムのことを思い出してしまったのだ。まだ二人とも若くて、私など学生だったのだが、夜の車道をシカゴから東部に向けて、彼の母親に会うつもりで走った。こんな町を通過することもあった。わびしい雪景色になっていた。だが、私は彼といるのがうれしかった。くっついている感じがした。ウィリアムに兄弟がないことは言ったと思うが、その時点では私にも兄や姉はいなくなっていたようなものだ。あの夜には——というのは、再婚の夫、その妹と車に乗っていた夜になって——ウィリアムとくっついていた心地よさが思い出されてならなかった。二人で一つの世界になっていたようなものだ。あるとき東部への走行中に、桃の種を窓から捨てればいい、と彼が言ったことも思い出した。それで私は、どう思ったのか、運転席側の窓に投げた。その種が彼の顔に命中してしまって、これ以上おかしいことはないというように二人で大笑いした。その後、何年かたってからは、幼い娘らをチャイルドシートにくくりつけて、彼の母親を訪ねてマサチューセッツ州ニュートンまで行くことがあったが、あの心地よさはまだ続いていた。しかし、あの夜、雪の降った土地を行く自動車の後部座席で、夫がその妹と子供時代を思い出している静かな話し声を聞くともなく聞いていて、また「交通事故？　被害の相談はＨＨＲ法律事務所」という看板を何度も目にしながら、つい心の中で考えた。一緒にいるから安心だと思えたのはウィリアム。私にとって唯一の家だった。

もしパム・カールソンから離れなかったら、そんなことを言っていたかもしれない。

＊

かつて私の義理の母だったキャサリンについては、次のように言っておきたい。

私がウィリアムと婚約した直後に、電話で話した彼女は勢い込んで、ほとんど開口一番、

「あたしのこと、ママと呼んでよ」と言った。私は「やってみます」と言ったものの、そういうことにはならず、結局、キャサリンと呼んでいた。ウィリアム自身がそうだったのだ。旧姓ではコールだった母親に対して、ウィリアムはちょっと皮肉っぽく、きらりと目を光らせて、「キャサリン・コール、最近どうしてる?」などと言っていた。

いい人だった。私もウィリアムも彼女のことが好きだった。あの結婚に大きな位置を占めていたと思う。躍動感があって、ぱっと光を浴びたような顔を見せた。私の学生時代の友人が、初めて彼女に会ったあとで、「あのキャサリンみたいな、いきなり好きになれる人なんて、ちょっといないわね」と言った。

また私は彼女の住む家に感嘆していた。マサチューセッツ州ニュートンという町で、並木通りの住宅地にあった。初めて行った日には、キッチンの窓に日射しが流れ込んでいて、広いキッチンに置かれた白いテーブルが輝くほどに清潔だった。カウンターも白くて、流しの上の窓には何段かの棚があり、大きなセントポーリアが載っていた。細長く弧を描くようなタイプの蛇口が銀色の光を放った。もう天国に来たようだと思った。キャサリンの家は、どこもかしこも清潔だ。居間のフロアは木製で、蜂蜜のような光沢があった。寝室の白いカーテンには、さっぱり糊がきいていると見えた。こんな暮らしがあるとは考えられない。知りもしないことだった。でも彼女には当たり前の暮らしである! かなわないわ、と思った。

ただ、もう一つ、言っておきたい。

すでに別の本にも書いているのだが、いくらか補足する必要はありそうだ。ウィリアムと出会って、その母親がメイン州のジャガイモ農家に嫁いでいたことを聞いたので、私は——メイン州のジャガイモ農家の何たるかを知らなくて——きっと貧乏だったのだろうと思い込んだ。ところが見込み違いだった。キャサリンの最初の夫、つまりジャガイモ農家のクライド・トラスクは、農場の経営に腕を振るい、また政治にも関わりがあって、長年、メイン州で共和党の州議会議員をしていた。二番目の夫がウィリアムの父親なのだが、この男は、戦後、アメリカに来てから土木技師になっている。だからキャサリンは貧乏ではなかった。初対面の私はびっくりして、お洒落な家に住んでいるものだと思った。社会階層を上がっていった人なのだ。といって底辺から出た私には、アメリカの階級構造がどうなっているのか、なんだかよくわからない。育った根っこのところを、たぶん、いまだに抜けきらない。結局、貧乏にかなわなかった。そういうことだ。

ところがキャサリンは、会ったばかりの私を知り合いに紹介しようとして、私の腕に手を添えながら、騒ぐでもなく、「この人がルーシー。何もないところから来た人」と言うのだった。そのことは以前の本にも書いた。

キャサリンの居間には、長さのあるカウチが置かれていた。くっきりしたオレンジ色である。いきなり訪ねていくと、キャサリンがのんびり寝そべっていたりした。ウィリアムが母親をびっくりさせたがって、予告なしに行くこともあったのだ。「あら、あら」と言って、彼女はあわてて立ち上がり、「ほら、ハグしてよ」と言うので、こちらから寄っていって、それからキッチンへ案内され、食べるものを出されるのだが、その間ずっと彼女はしゃべり続けて、最近どうなのとか、ウィリアム、髪が伸びたわね、とか言っていた。「いい男になった」と息子の顎《あご》に手を出して、「もっと顔を見せてよ。ひげなんか剃っちゃえばいいのに」とも言う。あの人は光そのもの。いつも輝いていた。どうかすると光に影が差すことがないわけでもなく、冗談めかしたように「いまブルーになってるのよ」と言ったりもした。ウィリアムは昔からこんなものだ、心配ない、と言っていた。だが、そんなときの彼女も、人のことには気を遣って、私たちの暮らしを知りたがり、彼女の知るかぎりで私たちの友人の名前を挙げては、どうしてるかしらねと言っていた。「ジョアンはどうしてる?」と聞かれた覚えがある。「もう旦那さん見つけた?」と言って、ウィンクしながら、「あんまり愛敬のある子じゃなかったけど」

彼女もテーブルの前に坐って、私たちが食べるのを見ていた。「とにかく、いろんなこと聞かせてよ」と言うので、そのようにした。ニューヨークでの暮らしのこと、また下の階の住人のこと。もう老人というべき男で、ずっと年下の妻がいる。あまり妻には好かれていないらしい。ある日、その男に階段で通せん坊をされて、キスするまで通してもらえなかった。「ちょっと、ルーシー!」彼女は言った。「ひどい話じゃないの。そんなこと、二度とあっちゃいけない!」どうしても通れなかったんで、と言うと、彼女は「だめだめ、そんなの」と言う。私が、頬っぺたにチュっていうだけ、気色悪かったけど、と言ったら、「そりゃそうでしょうよ」と首を振り、さかんに私の腕をさすった。「ルーシー、ルーシー、かわいそうにねえ」

それからウィリアムに向き直ると、「あんた、自分の女房がそんな目に遭ってたってのに、どこでどうしてたのよ」と言った。

ウィリアムはひょいと肩を動かしただけだ。母親にはそんな調子だった。ふざけ半分に、ぶっきらぼう。

キャサリンは、よく私に衣服を買ってくれた。彼女の趣味で選ぶことが多かったが、私にまかせることもあった。ジーンズに合わせられるストライプのシャツとか、青と白で私好みのローウェストのドレス。あるとき白いローファーの靴を買ってくれようとしたことがある。「こういうの履いたら、そればっかりになるわよ」と言うのだが、私はちょっと遠慮したいと言った。どうせ履かないことはわかっていた。もし履くとしたら私ではなくて彼女のほうだ。というようなことを思っただけで口にはしなかったが、結局は買わずじまいになった。

だが、ウィリアムと結婚してから何カ月かの頃に、私が気に入っていたコートを、彼女に捨てられたことがある。古着屋で見つけて五ドルだったのだが、だぶだぶの袖口が歩くと揺れて、すごくいい感じだった。色はネイビーブルー。すっかり気に入って、これが私だとさえ思っていた。それをキャサリンが処分してしまった。ある日、私を連れ出して新品を買ったあとのことだ。捨てる現場を見たのではないが、捨てたと言われた覚えがある。どこ行ったのかしらと言っている私に、彼女が笑いながら答えたのだった。「だって、いい新しいのがあるじゃないの」

おかしなことに、というか、おもしろいことに、その新しいコートは、高級な店で買ったものではなかった。そうと知ったのは、何年かたって、私も店ごとの違いを判別するようになってからである。あれは安物専門と言えそうな店で買った品だった。私が育った家では、そういう店へ行くこともなかった。そもそも店と名の付くところへは、まず行かなかった。だが私の義母になった人は、金に不自由していなかった。その夫ウィルヘルム・ガーハート、つまりウィリアムの父親で、土木技師になった人が、たっぷりと生命保険を掛けていて、夫の死後、彼女には相当の金が入った。さらには、それから数年後に、彼女は不動産取引の免許をとって、いい住宅地で何軒もの家を売った。ともかく金のある人だった、ということ。

私にお下がりでナイトガウンをくれることもあった。どれも白地に刺繍《ししゅう》がついて、いい品物だった。ありがたく着させてもらった。

＊

あの人を思い出していたら、ウィリアムが言ったこともわかるように思った。キャサリンがらみで夜の恐怖が出るようになってから、私のことを考えて気を紛らそうとしたという。キャサリンが死んだ年に、娘たちは九歳と八歳。そのほかにはウィリアムの母だった人を知っている生き残りは、もう私しかいないのだ。この際、ジョアンは論外である。あの女はウィリアムと離婚してから南部へ行った。その後、再婚はしなかったのではないかと思うが、よくわからない。

＊

ずっと前に——というのは、まだ私がウィリアムと結婚する前だったが——キャサリンに実家の話を聞きたいと言われたことがある。それで私は口を開こうとしたのだが、もう涙が流れてしまって、「できません」と言った。すると彼女は坐っていた椅子を立って、あのオレンジ色のカウチに私とならんで腰かけ、私をしっかり抱きながら、「ああ、ルーシー」と言った。それを言い続けて、私の腕やら背中やらをさすり、また私の顔を自分の首元に押しつけていた。「ああ、ルーシー」

その日、彼女は「あたしだって気鬱になることはあってね」と言った。これにはびっくりだ。私の知るかぎり、大人になった人間で、そうと口に出す人はいなかった。彼女はさらりと言ってのけて、また私を抱きしめた。あれは忘れられない。そういう優しさを抱えた人だった。

キャサリンには、いい匂いが漂っていた。何かしらの香水なのだろうが、それを自分の匂いにしていた。あとで私も真似をして、彼女と同じではないけれど、ある一つの香水に決めるようにした。ボディローションも同じ香りにして、いくらでも買って使いたいと思っていた。

あの精神科の女医さんには、「それは自分に体臭があると思ってるからよ」と言われたことがある。

そうだろうと思う。

兄も姉も私も、毎日、学校で言われていた。ほかの子が校庭で鼻をつまんで、「おまえんちは臭い」と逃げていった。

＊

ウィリアムが七十一歳になる直前に、クリッシーから妊娠したと聞かされた。そうと知って幸福感がはじけた。ディヴィッドが死んでから、またそんな気分になれるとは思いもしなかった。孫ができる！　そんなことをウィリアムと電話で言い合った。彼も喜んでいたが、私ほど有頂天ではなかった。まあ、そんなものだ。そういう性分ということ。だが、二週間後に、それが流れてしまった。朝方に自宅から電話をよこして、「ママ！」と悲鳴を上げるように言った。すぐ病院へ行くらしい。私も大急ぎでブルックリンへ向かった。その時間帯なら地下鉄で行くのが速い。まず病院に行って、それから娘のアパートに付き添って、二人でカウチに崩れて、クリッシーが泣いた。あの娘がああまで泣くとは思わなかった。母親より大きくなった娘が、母の胸に顔を寄せて、ようやく少しずつ泣きやんでいった。この日は娘の夫も家にいて、病院にも行っていたのだが、もう居間を出て、私とクリッシーを二人だけにしていた。またこの次もあるわよ、ということを私は言わなかった。そんなことを聞きたい場合ではなかったろう。ただ娘を抱いたままで、顔にかかる髪をそっと押し上げてやった。「ママ」と娘が見上げてきて、「もし女の子なら、ルーシーって名前にするつもりだった」

ほんとなのかと思った。「そうなの？」と言ったら、娘は鼻をこすりながら、うなずいた。「うん、そうなの」

私はクリッシーの髪を撫でてやっていた。すると娘は、「なんだか、自分がくやしくて」と言った。

「どうして？」

「だから、なんで身体がちゃんと働かないのかって」

「あら、そんな。流産する女がどれだけいることか。それもまた身体の働きだったんじゃないの」

「あー」一瞬遅れて娘は言った。「そうは思いつかなかった」小さな子供のように私にすり寄ってくる。その髪をずっと撫でてやった。

ようやく娘が身体を起こした。「ママもデイヴィッドに死なれてつらかったのよね」

「ありがと。でも心配ない。大丈夫」

するとベッカもやってきて、もらい泣きした。この娘はすぐに泣く。クリッシーのほうが笑いながら、「いいのよ、もう泣かないで」と言った。私はランチまで付き合って、クリッシーがだいぶ落ち着いてきていると思った。その夫も、またベッカも、ランチに同席していた。私は引き上げることにして、「じゃあね、そろそろ行くわよ。みんな愛してるからね」と言うと、「さよなら、ママ、愛してる――」という答えが返った。別れ際には、決まってそんなことを言う。

街に出て歩きながら、自分の母親には愛してるなんて言われたことがないと思った。クリッシーは赤ん坊にルーシーという名前を付けようとしたという。だったら私は娘に愛されているのか！　それにしても、やはり意外だった。びっくりもいいところだ。

また地下鉄に乗って、坐った席の隣に、いかにも落ち着いた女がいて、小さい子供を連れていた。男の子だ。しばらく見ていると、女が子供を可愛がっていることはわかった。

この人も流産をしたことはあるだろうか。そうだとしたら、やはり自分がくやしいと思ったろうか。みごとな自己完結型に見えるが、その世界には子供も入っているのだろう。男の子が持っている小型のワークブックに、「幼稚園へ行く前に」と書いてあった。たぶん母親なのだろう女は、子供が本の中で見る色に、じっくりと根気よく、オレンジ、くろ、あか、という文字を教えていた。

この日の午後、ウィリアムに電話したら、もうクリッシーからの電話を受けていて、まずいことを言ったかもしれないと気にしていた。「また次もある、大丈夫だ、って言っちゃったんだよ。そうしたら、何よ、そんなことしか言えないの、だってさ。あたしが子供なくしたってのに、すぐそういうことを——と、こうなんだ。そんなこと言ったって、まだ形にもなってなかったんだろ。もうちょっと言いようがありそうなもんじゃないか」それで私はウィリアムにわからせようとして、クリッシーにしてみれば、もう自分の子だったのよ、と言った。もし女の子だったらルーシーになってたはず、とも言いかけたのだが、そこまでは何となく言わずにおいて、そのまま電話を切った。

クリッシーの涙のことを考えた。ベッカの涙も。

私が子供だった頃は、兄でも姉でも私でも、もし子供が泣けば、父も母も猛烈に怒っていた。とくに母がひどかったが、どっちもそうなので、泣いていない子供にも怒りっぽく、もし泣いたら、もう異常なまでに怒り狂ったものだ。そういう話は以前にも書いたことがある。いま繰り返したのは、何年か前に、ある知り合いの女性から聞いた話もあるからだ。

その人に「上手に泣けるのはいいですね」と言った修道女がいるらしい。それはベッカにも言えることだ。クリッシーだって、泣きたくなれば、泣いていられる。でも私には泣くことがむずかしい。もし泣けば泣いたで、泣いたことにこわくなる。そのあたりをウィリアムはうまいこと見てくれた。私が大泣きしても、あわてることがなかった。デイヴィッドだったらどうだったかわからないが、もう私はデイヴィッドの前では泣かなくなっていた。子供みたいにひいひい泣いたことはない。ただ、デイヴィッドに死なれてからは、どうしても寝室のフロアに坐り込んで――ベッドと窓の中間で――追い詰められた子供のように、たまらなくなって泣くことはある。アパート住まいなので、その声が外に洩《も》れていないか心配だ。しょっちゅう泣いてやしない。

＊

ウィリアムが七十一歳になった日の午後に、おめでとう、じいさん、とメールを書いてやった。まもなく私の携帯が鳴った。職場からかけたようだ。「どうしてる、ウィリアム？」と言ったら、「どうだろな」という返事だった。いくらか娘たちのことも話した。クリッシーはどうにか立ち直りつつあるらしい。それから彼がエステルの話をした。この日の朝に、じつは誕生日のプレゼントを買っていないのだが、もし欲しいものがあったら教えて、と言ったそうだ。ブリジットのことで何やかや気を取られていたらしい。だから私は、「何やかやって、ブリジットがどうかしたの？」と言った。するとウィリアムが言うには、学校で音楽の発表会があるのだが、もうフルートなんて吹きたくないと本人は言っている。エステルはあと一年は頑張りなさいよと言っている。そんなことを聞きながら、私は――あるいは彼も――ブリジットがどうなっているのか、本当はよくわからないと考えていた。それでも私は、「ああ、そうなの」と言った。「プレゼントのことは、まあ、きのうやきょうに結婚したわけじゃなし、いまさら欲しいものなんてあるの？」このとき私が考えていたことは――ああ、ウィリアム、いいかげんにしてよ、もう子供とおんなじ、というようなこと。まったく子供なんだから、と思っていた。

まもなく通話を終えた。

＊

しかし、こんなこともあった。

とうの昔になったが、まだウィリアムと家庭を持っていた頃に、私の初めての本が出てから、著者としてワシントンDCでのイベントに出ることになった。もうイベントそのものは覚えていなくて、一人で行ったという記憶だけが確かで――当時の私としては、ああいうことには何でもおっかなびっくりだったと思うが――それはともかく、いま言いたいのは、こんな話だ。帰る途中で悪天候になり、雷雨がやまずに、風もあって、空港の混雑が増していった。仕方なくフロアに坐り込んでいたら、たまたま隣にいたのがコネティカットから来たという若い夫婦だった。女は美人でタフな感じ。男は人が好さそうだが言葉は少ない。それで、どうなったかというと、だんだん夜が更けて、私は不安を募らせ、公衆電話から何度も――そのたびに順番待ちで――ウィリアムに電話した。彼は夜明かしの方法を考えて、ワシントンの心当たりに電話してくれたが、どこにも泊まれそうなところはない。天候の回復を待つしかなさそうで、私の不安がひどくなった。するとコネティカットの美人が（あの当時には）最先端だった携帯電話を取り出して、鉄道の駅に電話した。その結果、ニューヨークまでの列車があるかどうか行ってみることにしたようだ。私も一緒に行かせてもらえるかと頼んだら、ではどうぞと言う。私の気持ちとしては、ぎゅう詰めの広い空港にずっと一人でいると思うと恐ろしくてならなかった。それで同じタクシーで駅まで行くと、かろうじて空席があって列車に乗れた。夜明けのニュージャージーを見ながら、これで帰れる、ニューヨークの家に帰れる、夫がいて娘らがいる、ということが心底うれしかった覚えがある。あの心地を忘れることはないだろう。それだけ愛があった。夫と娘らが愛しかった。

そんなこともあった、という話。

＊

さて、ウィリアムに、二つの出来事があった。

その一、として私が聞いたのは、五月下旬の土曜日のこと。デイヴィッドの病気が発覚してから、ちょうど一年後の日だったので、ウィリアムから電話を受けた私は（愚かにも）そのことでかけてきたのだろうと思った。これは意外、きっちり覚えていてくれたのかと感激して、「あら、ビリー、ありがとう」と言ったら、「なんで？」と言われた。それでデイヴィッドの病気から一年だと教えると、「あ、そうか、ルーシー、すまん」とのことで、「いいのよ。どうかしたの？」と言った。

すると彼は、「いや、いいんだ。そのうちかけ直す。急用でもないんで」

「いいってば。いま聞くわよ」

それで彼は話しだした。この日、午前中に、エステルからプレゼントされた会員権を行使して、ついに先祖さがしサイトにアクセスしたという。それから——さっき見たテニスの試合がおもしろかったとでも言うような口ぶりで——彼が話をした。


わかったのは、こういうことだ。


彼が生まれるより前に、彼の母親は、もう一人、子を産んでいたらしい。父親は当時の夫クライド・トラスク。つまりメイン州でジャガイモ農場を持っていた男である。

子供というのは、ウィリアムよりも二歳年上の女の子だった。ウェブサイトにはロイス・トラスクという旧姓の名前が出ている。出生地はメイン州ホールトンというのだから、たしかにキャサリンが前夫だったジャガイモ農家のクライド・トラスクと暮らしていた場所に近い。出生証明に記載された情報だと、母親がキャサリン・コール・トラスクで、父親がクライド・トラスク。ただし、この父親は、ロイスが二歳だった年に再婚している。その婚姻証明も出ていた。ロイスの死亡証明はないようだとウィリアムは言った。一九六九年に結婚したという証明はある。それで名前がロイス・ブーバーになった——。「発音を確かめたが、ブーバーと読んでいいらしい」ウィリアムの言葉に、やや皮肉がまじった。

彼女の子供、また孫の名前もわかった。夫については五年前の死亡証明が出ている。どう思う、と言ってから、ウィリアムは気軽に考えているような口をきいた。「もちろん、ばかばかしいよな。信憑性なし。こういうサイトに載ってることは、どうせニセ情報ばっかりだろう」

私は立って、ほかの椅子に坐り直すと、初めから順を追って話してくれるようにと言った。こういうサイトと言われても、どんなものなのか、さっぱり知識がない。それで彼がじっくり聞かせようとするので、私もしっかり聞いていた。いや、まったく嘘ではなく、ぞくぞくと冷気が走った。彼が「おい、ルーシー？」と言った。

私は一瞬遅れて、「それって本当なんだろうと思う」

「そんなことはない」彼は譲らなかった。「あのな、キャサリンが子供を捨てたはずがないんだ。もし仮に——そんなことないだろうが——そうだったとして、どこかで誰かに話していただろうと思う」

「どうしてわかる？」

「ああいうのは、そうなんだよ。うまいこと引っ掛けておいて——」

「ああいうの？」

「くだらないウェブサイト」

私はあきれた顔になったが、もちろん彼からは見えていない。「ねえ、ビル、ちょっと待って。出生証明の偽造なんてしないでしょ。子供はいたのよ」

「もっと調べてみるかな」ウィリアムにあわてた様子はなかった。

それで通話が終わった。

私は「ばかみたい」と口に出した。「キャサリンは、もう一人、産んでたんだわ!」私には衝撃だったが、考えてみれば、妙に理屈が通るような気もした。

＊

ウィリアムと結婚する前年には、しょっちゅう彼のアパートに行っていて、同棲とまでは言わないが、それに近いようなものだった。すごく幸せだった。私はそう思ったし、彼もそうだったはずだ。私は食事の支度をしようとしたが、何をどうしていいのかわからなかった。そんなことも知らないのかと思われたようだが、彼は文句一つ言わずにいてくれた。また彼の部屋にはテレビがあった。私の実家には存在しなかったものだ。毎晩、彼とジョニー・カーソンのトーク番組を見た。ああいう放送があることすら知らなかった。毎晩、彼とカウチに坐り込んで見ていた。

あの年、本の読み聞かせをされたことも覚えている。児童向け、というか大きくなった子供向けで、彼が好きだった一冊なのだそうだ。少年が自活の道をさぐる話だった。毎晩、ベッドに入ってから何ページか読む。私は欲求にのしかかられていた。もし彼が電気を消してから手が出てこないと——たいていは出てきたが——私は不安になり、放っておかれたような気がした。それだけ彼を求めていたということだ。

結婚式はウィリアムの母がメンバーだったカントリークラブで行なった。ごく内輪で挙式して、大学の友人、彼の母の友人をいくらか呼んでいただけだ。開始の一時間くらい前に、上階の部屋で着付けをしていたら——私の両親、兄、姉は来ていなくて、こちらからは連絡したというのに、手紙や品物を送ってくることもなかったが——何となく、おかしな感覚にとらわれた。どう言ったらいいのか、現実感が薄らぐというようなものだろう。それから降りていって、ウィリアム、治安判事とならんで立たされ、いざ宣誓するとなっても、ほとんど口がきけなかった。ウィリアムは力を添えてくれそうな愛情たっぷりの目をしていたが、おかしな感覚が消えることはなかった。

式の最後に振り向いたら、彼の母親が大喜びで拍手していて、たぶん——はっきりしないが——私だって、この日だけは母にいてもらいたいと思ったのかもしれない。たぶん、ずっと母に会いたい気持ちがあったのか、と思わなくもない。ともかく、いま言ったような非現実感が消えなくなって、ささやかな披露宴の間にも、自分がその場にいるような気がしなかった。何もかも少しずつ距離があったというか、私が遠ざけられていたようだ。その夜、ホテルの部屋で、すでに夫となった人に、いつものようには身を委《ゆだ》ねられなかった。おかしな感覚が続いていた。

結局、いつまでも消えなかった、というのが正しい。

どこかに消え残っていた。彼との結婚期間を通じて——潮が満ち引きするように——いやなものとして滞留した。どういうことなのか彼にはうまく言えなくて、自分でもよくわからないのだったが、ひっそり静かな恐怖につきまとわれて、夜のベッドの中でも、以前のように彼に接することができなかった。気づかれまいとしたのだが、もちろん気づかれていた。結婚前に彼が手を出してこなかった夜の失望感を思い出せば、結婚してからの彼がどんな気持ちになったのかよくわかる。屈辱も当惑もあっただろう。だからといって、どうしようもなく、どうにもならなかった。私から言葉にすることはできず、ウィリアムに暗さが出た。少しずつ何かと気塞ぎになったようだ。それは見ていてもわかった。そんなものに迫られて、私と彼が暮らしていた。

クリッシーが生まれたあと、私はものすごく不安になり、子育ての要領がさっぱりわからずにいたところへ、キャサリンが来て二週間ほど泊まり込んでくれた。その一週目に、「ほら、行った、行った」と私たちを外へ出そうとした。「いいから食事でもしてらっしゃい」私の記憶だと、赤ん坊の面倒を——私たちの面倒も——見ている彼女に、ちょっと押しまくられた感もある。それで私たちは食事に行ったのだが、私の恐怖心は去らなかった。そんな夜に、赤ん坊が生まれてから目立って口数の減っていたウィリアムが、「あのな、ルーシー、もし男の子だったら、なんて思うこともあるんだ」と言った。

そう聞いて、私の奥底でがたんと落ちるものがあった。だからどうとも言わなかった。でも忘れたわけではない。あのときの私は、ああ、そういう本音はあるんだ、と思った。びっくり、がっかり。そんなのは夫婦のどちらにもあった、ということ。

＊

キャサリンのことを、つい考えてしまっていた。すでに産んだ子がいたのだ。どうしてかわからないが、そうに違いないという直感があった。赤ん坊だったクリッシーを抱いていた彼女の様子に、思い当たるものがあった。息子夫婦の家に来て世話を焼いていたことは言ったが、あれを思うと、その後の記憶も出てくる。クリッシーを抱こうとして、どこか憂いのある顔に見えることがあった。いま思えば納得だが、当時の印象でもそうだった。次に生まれたベッカも同じように可愛がってくれたが、ふと心がどこかへ行っているように見えることもあった。二人の孫娘。そんな赤ん坊を抱いた彼女は、何を思っていたのだろう。

自分の過去については寡黙な人だった。ほとんど口をつぐんでいた。一人いたという兄についても、「あれは困った人でね」と首を振るだけだった。とうの昔に踏切事故で死んだそうだ。また前夫であるジャガイモ農家の男について語るとしたら、いつも厳しい評価を下して、「不愉快」だったと言った。愛はなかったということだ。彼女は十八歳だった。あとで戦争捕虜のドイツ人、つまりウィリアムの父親になる男とマサチューセッツへ移ってから、やっと大学へも行けたという。

この男との出会いについては、よく聞かされていた(名前はウィルヘルムだったが、アメリカに定住することになってからは、まず自分がウィリアムになった)。農場での仕事を割り当てられた捕虜は全部で十二人。ホールトンの地方空港の付近に宿舎があって、毎日、トラックに乗せられてきた。そのようになってから一カ月ほどたって、キャサリンは、ある日、手作りのドーナツを持っていった。農場の建屋の外で昼食をとる連中に、差し入れで追加してやったということだ。足りてないことはわかってたからね、と彼女は言った。そのときウィルヘルムが向けた目つきには、ぞくりと寒気がしたそうだ。

それから——もうどうしようもなく——ウィルヘルムに恋をする瞬間があった。ジャガイモ農家のクライド・トラスクは居間にピアノを置いていた。おそらく母親が弾いていたのだろうが、その人はキャサリンが嫁いでくる直前に亡くなっていた。だが古いアップライト型のピアノは、まだ置かれたままだ。キャサリンの話によると、ある日、夫の留守中に――というのは夫は州の議員でもあって、会期中ではなかったが、何かしらの委員会があるというのでオーガスタに出かけていた――ウィルヘルムが家の中に入ってきた。キャサリンは肝を潰したが、彼はにっこり笑って、かぶっていた帽子をとり、居間へ行くと、ピアノの前に坐って弾き始めた。

これでもうキャサリンは夢中になって、後戻りはできなかった。あの日、ウィルヘルムが弾いた音は、それまでに聞いた何よりも美しかった。夏のことで窓は半開きになっていて、風がやさしくカーテンを持ち上げ、さらさらと揺らした。彼はしばらく坐ってピアノを弾いていた。その曲がブラームスだったことを、彼女はあとになって知った。一度か二度ちらりと彼女に目を向けただけで、ずっと弾き続けていた彼が、ようやく立ち上がると、小さく頭を下げて――上背があって髪は濃いブロンドだ――彼女の前を通過し、農地に戻っていった。彼女が窓越しに見ていると、シャツの袖をまくり上げた腕がたくましく、そのシャツの背中には、捕虜の印として、黒い太字でPOWと書かれていた。ズボンは捕虜らしい古着で、またブーツを履いていた。農地へ行こうとする長身の後ろ姿が、しっかりと背筋を伸ばしていて、一度だけわずかに振り向いて笑ったようだが、あの距離では、彼女が窓のカーテンに寄って見ているとはわからなかったはずだ。

こんな話をするたびに、キャサリンは遠くを見るような目になった。その目には過去が見えていたのだろう。家の中に男が来て、帽子をとって、ピアノを弾いた。「そういうことなのよ」と言って、彼女は現実に戻った。「そういうこと」

これが不倫にいたった経緯を、私は知らない。そこまでは聞かされなかった。だがウィルヘルムはいくらか英語がわかったようだ。そういう捕虜がめずらしかったことは、キャサリンの言葉の端に出ていたと思う。ついに夫とは別れようとジャガイモ農場を去った日のことは、彼女の口から聞いた。ウィルヘルムを最後に見てから一年がたっていた。終戦後の彼は、まずイギリスに行かされ、賠償の労働として、半年ほど瓦礫《がれき》の撤去を手伝ってから、ドイツに送還された。彼女との文通はあった。その手紙をジャガイモ農家の夫に見られたかどうか、私は知らない。ただ彼女から一度だけ聞いた話では、ウィルヘルムからの手紙が来るかもしれないので、毎日、郵便局へ歩いた。メイン州の小さな郵便局では局長に怪しまれたという。そして最後に彼女から出した手紙には——すでにウィルヘルムから、いまマサチューセッツに来ていると知らされていたが——列車に乗って、朝五時にボストン北駅に着く、と書いておいた。もちろん決行の日付も書いただろう。十一月で、もう一フィートくらいの積雪があったから、投函した日には、ちゃんと届けてもらえるのか心配になったが、さすがに局長としても義務のはずで、実際、届いていたようだ。また彼女は、夫の妹が訪ねてくるのを待って、それから決行におよんだと言った。ジャガイモ農家の夫が妻に去られたと知ったときに、せめて孤独ではないようにしたかった。これは私の印象に残った。

キャサリンについて、ほかに知っていることはないに等しい。子供時代の話を聞こうとすると、ただ首を振っていた。一度だけ、「たいしたことないのよ」と言ったことがある。「まあまあ、かな」メイン州を出奔してからは、それきり戻っていなかった。

一週間だけ様子を見て、ウィリアムの研究室に電話を入れたら、ぼんやりした声が返ってきた。私が「あれから何かわかった？」と言うと、「ああ、ルーシー、だめなんだ。もうわからない」とのことだ。エステルはどう言ってるのか聞いたら、彼は口ごもったように「何のことを？」と言った。

＊

「おかあさんに別の子供がいたってこと」と言うと、「いや、ルーシー、そうと決まったわけじゃないだろ」と言うので、さらに私がエステルの考えを聞こうとしたら、ちょっと間があって、「あいつは、そういうことはなかったと思ってる」という返事だった。

電話を切ってから、これは嘘があるなと思った。どういう嘘かはっきりしないが、ごまかそうとする声らしく聞こえていた。この件で電話するのはもうやめようと決めた。

ああ、デイヴィッドが生きていてくれたら！　つくづく、そう思った。こんなにも、そう思うものなのか。あの人は私がチューリップを好きだと知っていて、いつも――いつも必ず――チューリップを持ち帰った。季節外れであっても、近所の花屋へ行って買ってきた。

＊

私が育った家では、兄でも姉でも私でも、子供が嘘をつけば、あるいは嘘をついたと親に思われただけでも、石鹸で口を洗われた。もっとひどいことだってあったので、まだましだった話として言っておく。嘘をついた子は、広くもない居間のフロアで仰向けに寝かされて――たとえば、それが姉のヴィッキーだったとするなら――ほかの二人、つまり兄と私の一方がヴィッキーの腕を、もう一方が脚を押さえつけているように言われた。母はキッチンへ布巾を取りに行って、バスルームで石鹸をなすりつける。ヴィッキーは舌を出しなさいと言われて、その口に母が布巾を突っ込み、ぐりぐり動かすので、ヴィッキーは息が詰まりそうになっていた。

大人になってから考えれば、うちの親は無意識に巧妙な戦術をとっていた。ほかの二人を引き込んでおけば、三人が結束することはない。何にせよ、あの家の生活にあって、兄妹のまとまりはなかった。

私は自分が寝かされる番になると、じたばた騒いだりしなかった。兄はあわてふためいて、姉はかっかと怒っていたが、私はおとなしく目を閉じただけだ。

＊

こんな言い方をして、わかってもらえるだろうか――。

もし大きなコルクボードがあって、この世のあらゆる人間に一本ずつピンを立てたとしても、私には目印のピンがないだろう。ずっとそんなことを考えている。

つまり、私は見えない、ということ。徹底して目立たない。うまく言えないが、強いて言うなら――いや、どう言ったらいいかわからない！　まるっきり自分の存在感をつかめない、というのが近いかもしれない。世界に私が見当たらない。簡単な話をすると、私が育った家には鏡がなかった。浴室の流しより上に、ごく小さな一枚があっただけ。こんなことで何が言いたいのか、私自身はっきりしなくなるが、とにかく根本のところで、この世界で私は誰にも見えていないという気がする。

あの夜の夫婦、いつぞやワシントンDCの空港で動きがとれなくなった夜に、ニューヨークまで列車に同行させてくれた夫婦が、ほどなく新聞で私の写真を見つけ、コネティカットで催された朗読会にやってきた。女はにこにこ顔になって、空港にいたときよりもずっと愛想がよかった。私のことを、それなりに名前があると知ったからだろう（と思う）。夜の空港での私は、ただ心細くなって、彼女にくっついて歩くだけだった。朗読会の夜には、彼女の私への態度が様変わりしていた。それが記憶に残っている。このときの本は評判がよくて、会場になった図書館に大勢の人が来ていた。これはすごいと彼女も思ったに違いない。

その彼女には知る由もなかったろうが、聴衆を前にして自作を朗読し、また質問に答えていた私でさえも、なんだか変に——でも、まったく確実に——自分は見えないという意識があった。

＊

毎年、七月と八月に、ウィリアムはエステルと貸別荘に行く。ロングアイランドの東端で、モントークという町だ。

キャサリンが死んでからの何年か、ウィリアムは私や娘たちとモントークへ行っていた。八月に一週間ほど、小さなホテルに泊まったのだ。海岸道路を渡ると、背の高い草むらを抜ける小道があって浜に出た。大きなビーチタオルを広げて、砂地にパラソルを立てた。いい浜辺だった。海がすごくよかった。私は海をじっと見ながら、ミシガン湖に似ているかとも思ったが、もちろん違う。大きな海だ！ ただ、正直なところ、ああいう海の思い出には、すっきりしない感情も残っている。

ウィリアムはモントークの町をすっかり気に入っていたのだが、私が覚えているかぎり、その町での彼は、私から、また娘たちからも、よそよそしく見えることがあった。まだ小さかった娘たちを連れてレストランへ行った日に、ウィリアムが特盛りの蒸し貝を食べようとして、ひどく時間がかかっていた。まず貝の身から黒い先っぽを取って、グレーのカップに入った水にくぐらせる。彼は黙ったきりで、娘たちは待ちきれなくなり、私の膝に上がりたがったが、そのうちに歩きだして、ほかのテーブルに近づきそうになった。「連れ出せよ」と彼が言うので、そのようにした。ところが彼は急ごうともせず、いつまでも貝を食べていた。またモントークからニューヨークまで、車を走らせての帰り道でまったく口をきかなかったということもある。

彼との結婚が終わってから、私はモントークには足を向けなかった。

＊

しかし――

ウィリアムとエステルは、その町に別荘を借りた。ブリジットは夏のキャンプでマサチューセッツ西部へ行く。この娘はキャンプが好きになったらしい。ウィリアムは平日に研究室へ戻ることもあったが、エステルはモントークに行ったきりで、週末には人を招くことも多かった。そうと私が知っている情報源は、ほぼクリッシーとベッカである。一人ずつでも二人一緒でも、何日か泊まってくることがあった。大きな窓がたくさんある家だとベッカは言い、客になってるのは「つまんないやつばっかりで、どうせ芝居の仲間よ」というような言い方をクリッシーはしていた。あれでもクリッシーは自由人権協会で法律を仕事にしていて、その夫は金融業界にいる。エステルが料理好きだという話は、どっちの娘からも聞いたが、たいして聞きたくもなかった。私は料理が楽しいとは思ったことがない。

*

さて、もう一つ、ウィリアムの出来事というのは――

ある日、七月初旬の木曜日だったが、ウィリアムから電話があった。「ルーシー、ちょっと来てくれないか？」

「どこへ？」

「おれのアパート」

「あら、モントークにいるのかと思った。どうかした?」

「いいから、来られないかな。頼むよ」

というわけで私は自分のアパートを出て——ひどく気温が上がった日で、ねっとりした暑気のニューヨーク市街を歩くのがいやになり——リバーサイド・ドライブまでタクシーに乗って、ウィリアムのアパートへ行った。ドアマンが「あ、どうぞ、お待ちですよ」と言った。

エレベーターの中で不安が募った。もともと電話のあとで不安になっていたが、いまのドアマンの言葉が、その不安をかき立てた。エレベーターから出て、廊下を歩いていってノックした。ウィリアムが中から「開いてるよ」と言うので、室内へ行った。

ウィリアムはカウチの前でフロアに坐り込んでいた。シャツがくしゃくしゃだ。ジーンズにも汚れが目立つ。靴下だけで靴は履いていない。「ルーシー、こんなだよ、信じられない」

てっきり泥棒にでも入られたのかと思った。ひどく殺風景な感じがする。

だが実情はこうだった——


ウィリアムは学会でサンフランシスコへ行って、論文の発表をした。自分でも中身が薄いと思っていたが、聴衆にもそのように思われたようで、たいした反応はなかった。終了後のレセプションで、昔から知っている連中は気を遣ってくれていた。一人だけ論文の話を持ちだす男がいたが、それもまた礼儀のつもりだろうという気がした。帰ってくる飛行機の中で、もう学者としては引き時か、とウィリアムは思った。

アパートの建物に入ろうとしたら――土曜日の午後の半ばになっていたが――ドアマンがまじめくさった顔を向けてきた。ちょこっと頭を下げながら、「はい、どうも、ガーハートさん」と言う。ウィリアムは、おやっと思いながら、「こんにちは」としか返さなかった。このアパートにもう十五年近く住んでいるが、ドアマン全員の名前を知っているわけではない。この男も名前を思い出せない部類だった。それから自室の鍵を開けて入ったとたんに、何か違うと思った。やけに広く感じる。とっさに（私と同じで）泥棒のしわざかと思ったが、フロアに残されて、うっかり踏みそうになったものがある。エステルの置き手紙だ。通常のプリント用紙に手で書いてあった。坐ったきりのウィリアムが私に見せてよこして、「あげるよ」と言った。私はカウチに坐って読んだ（もらっておいた）。

こんなやり方になってごめんなさい。ほんとに申し訳なく思ってます。やはり出て行きます――。とりあえずモントークにいますが、グレニッチヴィレッジにアパートを確保してます。ブリジットにはいつでも面会できると思ってください。生活費はご心配なく。どうにかなります。ごめんなさいね、ウィリアム。あなたを責めてはいません（よそよそしいと思うことはあったけど）。いい人だと思ってます。でも遠くにいる人だと思うこともあって、それが結構あったってことです。いままで黙っていてごめんなさい。なかなか言いだせなくて。

では、さよなら、エステルより

私はカウチに坐ったまま、しばらく何も言えなくなり、部屋を見回しているだけだった。何がなくなったのか私にはわからないが、がらんとした空しさは感じられる。窓から射し込む陽光が、なおさら奇怪な演出をしていた。そのうちに気づいたが、あの大きな栗色の椅子が見当たらない。だが炉棚を見たら、大型の花瓶があった。私の目の動きを追ったウィリアムが、「ああ、おれがクリスマスのプレゼントにやったんだ。置いてったらしい」

「あらま」と私が言ってから、しばらく二人とも黙った。はたと気づけばラグがない。部屋の隅っこに小さいのが一枚残っているきりだ。これもまた殺風景に見える原因だろう。

「ちょっと、ラグまで持ってかれちゃったの？」

ウィリアムはうなずいただけだ。

「あらま」と私はまた言って、声を落とし、「おやまあ」

するとウィリアムが——長い脚を投げ出して坐っていて、その靴下はきたならしく、また爪先をてんでに外側へ向けていたが——「ルーシー、おれ、こわくてさ」と言った。「現実感がないんだ。それがこわい。もう五日になるんだが、こんなのは現実じゃないって感覚を、まだ振り切れない。でも、これが現実に違いないんで、だからこわい。現実を現実と思えないのが恐ろしい。——寝室、見てくれよ。エステルの衣類はみんな消えてる。ブリジットの部屋にも、ほとんど残ってない。引き出しなんかも空っぽだ。キッチンにあったものは半分くらいになってる」彼は首を回して私を見上げたが、その目は死んだも同然になっていた。

この五日間、疲れが波のように押し寄せるという。夢も見ずに、十二時間も寝ていたりする。せいぜいトイレに起きるだけだ。それでまた疲労が濃霧のように降りてくる。「こんなことになるとは、まったくもって予想外だ」

私は彼の肩に手を添えた。「ああ、ビリー」と静かに言って、また室内を見回した。花瓶はガラス製で、色ガラスの模様がついている。「ああ、まったく、もう」

ウィリアムは、だいぶ時間を置いてから、カウチに坐る私の膝の上に、自分の両腕を組み合わせ、そこに顔を載せた。もう私を死なす気かと思った。すっかり白くなった頭に、私は手を触れた。

「おれってよそよそしいのか？　そうなのかな」と言って見上げる目が、しょぼついて赤らんでいる。「そういうことかな、ルーシー」

「あなただけが特別にそうなのか言えないけどね」私は思いつくかぎり優しいことを言った。

ウィリアムは起き上がって、私とならんで坐った。「おまえにわかんなくて、誰にわかるんだよ」こんなことを言って冗談めかしたつもりなのだ。

「わかんないんだってば」

彼は「おいおい、ルーシー」と言って、手を出してきたので、しばらく手をつないだ状態でカウチに坐ることになった。しきりに首を振っては、「何てこった」と小さく口にしていた。

そうこうして私は言った。「あなた、お金はあるじゃないの。こんなとこにいないで、気持ちの整理がつくまで、いいホテルにでも泊まってなさいよ」

すると、おかしなもので、「いや、ホテルなんか行かない」と彼は言った。「おれの家はここだ」

おかしいのは、彼が「おれの家」と言ったことだ。もちろん、それに間違いはない。もう何年も住んでいる。これまで何度になるかわからないほど、家族と木製のテーブルを囲んで食事をした。ここでシャワーを浴びて、新聞を読んで、テレビを見た。ただ、私の場合には、そんなことをしたところで、自分に家があるとは思えない。思ったことがない。唯一の例外が、ずっと昔にウィリアムと暮らした家だった。そのことは前にも述べた。

午後の間は、このアパートにいた。そして――また彼に言われて――寝室を見に行った。ブリジットの寝室も見た。なるほど彼が言うとおりだ。ベッドの青いキルトはぐちゃぐちゃのまま残っている。これは持っていかなかった。ブリジットの部屋には、埃《ほこり》が綿屑のようになって落ちていた。もともとベッドの下にあったのだろう。そのベッドが運び出されたということだ。「あの子が泊まりに来たら、どこに寝かせるの?」また居間へ行ってから私が言うと、彼はびっくりした顔になった。「そう言えばそうだな。用意しとかないとまずい」

「着替えのしまい場所もないとね。――じゃあ、シャワー浴びてらっしゃいな。食事にでも行きましょ」

そういうことになって、また居間へ出てきた彼は、今度はさっぱりしたシャツを着て、白髪頭をタオルでぐしゃぐしゃ拭いていた。

この晩、夕食の席で、いろいろな話が出た。レストランは古い店で、のんびり坐っていられた。この季節だと空席もすぐに見つかる。奥まったテーブルで話ができた。でも、しょうがない、と思った。かつては夫だったこの男のせいで、そういう気にもなる。まずエステルとブリジットの話に時間をかけた。私たちの娘二人についても、いくらか話した。エステルが出て行ったことは、おれからクリッシーとベッカに伝えたい、と彼が言うので、あたりまえよと言った。

＊

するとパンをちぎって手にしていた彼が、「キャサリンは、おれより前に子供を一人産んでいた」と言った。「間違いない」

ウィリアムは、学会へ行く前に、また調べたのだという。それで突き止めたことがあった。彼の父親になる男は、イギリス、そしてドイツへと戻されたのだったが、その何カ月かあとに、彼の母キャサリンは妊娠したらしい。「その子供は——」ウィリアムは検索した日付から割り出して語った。「女の子で、一歳くらいになっていた。もう歩いていておかしくないな。おれの母親は、そういう子を残して、ふらっと家を出たんだよ」そして私に目を合わせたのだが、その顔につらさを浮かべていたのは誉《ほ》めてあげたい。私だって見ていてつらくなった。妻のうち二人に裏切られた彼が、母親にも裏切られていたと思うのかもしれない。どことなく、そうと私にもわかるような気がした。

さらに彼は言った。「その一年後に、子供の父親、つまりクライド・トラスクは、マリリン・スミスという女と再婚した」ここでウィリアムは「スミス」という姓を見下したような語気をにじませた。「この結婚は五十年続いた。ほかに息子たちもいたようだ」

私は彼の手をとって、ぎゅっと握りしめた。「ビリー、この件、はっきりさせましょうよ。徹底して調査だわ。悩むことないって」

「ほう、これは、らしいこと言ってくれるね」

「ご冗談。らしくなんかないわよ」

「いやあ、徹底して、なんてルーシーらしいよ」

＊

その夜、自分のアパートに帰るタクシーの中で考えた。私だってウィリアムから離れたのだから、似たようなものだったかもしれないが、しかし私はこんな不意打ちはしなかった。また衣類をいくらか持っていっただけで、ごっそり運び出したりはしていない。そもそも家を出たいということを、あらかじめ言っておいた。一緒に暮らしていると、鳥になって巣箱に押し込められたような気がするとも言った。彼にはわからないことだったらしい。だからといって責めるつもりはない。あの当時ブルックリンで住んでいたブラウンストーンの家から数ブロック離れただけの小さなアパートを用意したが、実際に家を出たのは、ほとんど一年もたってからだ。ある日、彼が出勤していて——あれは月曜日だったが、私は電話を手に取って、マットレスの店に注文を出し、それが二時間以内に小さなアパートに配達されることになった。ああ、もう、ルーシー、と自分で思った。あるいは何も考えていなかったかもしれない。ただ恐ろしくなって、適当なものをゴミ袋に突っ込み、それだけ持って歩きだした。途中のドラッグストアでフライパンを買った。それからフォークと皿。いずれも一点ずつ。それからウィリアムに電話し、もう出たことを伝えた。あの日に聞いた彼の声が忘れられない。「もう出た？」ひどく小さな声だった。「出ちゃった？」

いいところもあるじゃないの、とタクシーの中で考えた。あの日のことを、きょうは言わずにいてくれた。

またエステルのことも考えた——というか推測なのだが、こんなことをするからには、ほかの男がいたのだろう。ウィリアムにはそこまで言わなかった。いるとしたら誰だろう。あの夜、「退屈でたまんないでしょ」とキッチンで言われていた演劇の仲間という男なのか。なんだか腹が立った。ひどい女じゃないの、と思った。ウィリアムを傷つけた。けしからんことだ。

キャサリンについては、さほどに考えてもいなかった。ウィリアムが取り残されている空っぽのアパートのほうが気がかりだ。ただ、それで心が痛むだけに、キャサリンにはいやなところもあったという感情も出ていた。

＊

ウィリアムには不倫があって、しかも浮気癖というべきものだとわかった夜——。当時ティーンエージャーになっていた娘たちはもう寝室にいて、ほぼ真夜中になっていたが、ついに彼が白状におよんで、ぽつぽつと口にするうちに大きな情報も出てきた。その二日前に、彼のシャツをクリーニングに出そうと思ったら、そのポケットにクレジットカードのレシートが入っていた。ディナーの代金だが、金額からして——私の感覚では——二人分だろうと思った。ヴィレッジのレストランへ行ったらしい。その晩は研究の都合で遅くなると言っていたはずだ。こわごわと彼に見せながら、どういうことなのと言った。レシートを見た彼は、虚を突かれたようだった（と私には思えた）が、ある同僚の女性が悩みを抱えているというのでディナーに付き合ってやったんだと答えた。どうして言ってくれなかったのと聞いたら、彼が何と言ったのだったか、はっきりとは覚えていないのだが、そのときはそんなものかと思って、一応は、安心材料になった（それまでの何年か、私はウィリアムに浮気されている夢を見て、その話をするたびに彼は「どうしてそんな夢を見てるのか全然わからない」と、やさしく言っていたものだ）。しかし、その夜は、友人夫婦を招いていて、その奥さんのほうがシガレットを吸いたいと言い、私も一緒に屋上へ出たら、じつはロサンゼルスに不倫中の男がいるという話をされた。「すごく上手なの」大きく煙を吸いながら、そんなことを言う。「びっくりしちゃう」

これを聞いて、そうだったかと思った。ウィリアムのこと。なぜか知らないが、このときにわかった。室内に降りていってウィリアムを見たら、私がわかった顔になっていることを気取られたらしい。それから客が帰るのを待ち、娘二人が寝てしまうのを待って、さっき聞いた話を振ってみた。しばらくして彼が打ち明けてきた。まず一人の女がいて、その次、また次ということがあった。同じ職場で気に入った女もいたようだが、どの一人にも惚れたわけではないと言った。ところがジョアンのことは、さらに三ヵ月も隠したきりで、ようやく聞かされたときには、もう死ぬかと思った。ほかの女の話だけでも死にそうな思いをしていたのだ。そうしたらジョアンの名前まで出た。うちに何度も来たことがあった。かつて私が入院した夏には、小さかった娘たちを連れて見舞いに来てくれた。夫婦のどちらにも友人だった女である。

私の内部でチューリップの茎が折れた。そういう感じだったと思う。あれから折れたままだ。もう立ち直らなかった。

その後、私の書くものに真実味が増した。

＊

「ママ」というベッカの声が携帯に届いた。ウィリアムのアパートへ行った翌日、私はドラッグストアへ行こうとして道を歩いていた。「ママ、どうなってんのよ」と言うので、彼からエステルのことを聞いたのだろうと思った。

「そうよね」私は歩道に置かれたベンチまで行って腰をおろした。

「どうなってんのよ」またベッカが言った。「まったくもう、ひどい話よね！　そうでしょ、ママ」

「ええ、まあね」私はサングラスをかけた目で通行人を見ていたが、ちゃんと見えていたわけではない。すると携帯のブザー音が鳴った。クリッシーからも電話だ。「ちょっと待って、クリッシーみたい」私は緑の丸いアイコンを押した。クリッシーの声が出て、「ママ、信じられないわよ、信じられない！」
「そうよね」

こんな調子だった。父親の惨状について憤慨した声が飛び交ったが、私はどっちとも静かに話して、どっちの娘も「どうかなっちゃったりしないかしら」と言った。大丈夫でしょう、と私は言った。自分でもわからないだけに、はっきりと言ってやった。いまの彼は――というか、たいてい誰だってそうだろうが――大丈夫になっているしかないのだ。
「あれでも、まだまだ若いんだし、身体は何ともないし、どうにかなるわよ」

一週間もしないうちに、クリッシーがベッドと衣装ダンスを注文した。ブリジットが泊まれるように、ということだ。新しくラグも入れた。「今度のほうがきれいだわ」とクリッシーは言った。「部屋が明るくなる」この娘も立派になったものだ。てきぱきと事を運んでくれる。

＊

さらに三週間たって、クリッシーから電話があった。「ママ、あたしたちパパの家でディナーの予定なんだけど、よかったら来てよ」

やはり言っておくのがよいと思う。デイヴィッドについては語らないと言ったけれど、これだけは知らせることにしよう――

家があると思えたのは、ウィリアムとの暮らしだけだ。そう言って間違いではない。デイヴィッドは――すでに言ったことだが――ハシディズムのユダヤ教徒として、シカゴ郊外の貧しい家に育った。十九歳で教団を離れたことから、爪弾きされたようになって、家族との音信も絶えていたのだが、かれこれ四十年近くもたって、妹からの連絡があった。そういうデイヴィッドと私には、ある共通点があったのだと言っておきたい。どちらも外の世界の文化を知らずに育った。家の中にテレビはなかった。ベトナム戦争だってぼんやりとしか知らず、あとで自分で調べて知ったようなものだ。育った時期の流行歌も、聞いたことがないのだから、覚えていたはずがない。かなり大きくなるまで映画を見たこともなかった。しゃべる言葉にしても、あたりまえの流行語を知らなかった。そうやって外の世界と断絶して育つのがどういうことか、なかなか口では言えない。だから私たちは互いにとっての家になった。でも私たちは――これも気持ちは同じだったが――ニューヨークにいて、二羽の鳥が電話線にとまったようなものだった。

この人について、もう一言だけ――

身長は低かった。また子供の頃に事故があり、左右の腰の高さがずれていたので、ゆっくりと、がくがく揺れて歩いていた。さらには――背が低いこともあって――いささか体重オーバーになっていた。つまり何が言いたいかというと、見かけとしてはウィリアムと大違いで、こんなに違うのかと思うほどの差があった、だが私には、ウィリアムと結婚したときのような、おかしな反応が出なかった。デイヴィッドの身体は、いつでも大変な安らぎになった。そう、デイヴィッドは安らぎだった。ああ、まったく、あの人は安らぎになってくれた。

＊

よかったら来て、と言われたディナーに行って、ウィリアムのアパートに足を入れたら、娘たちが夫を同伴していないのが意外だった。そのように言うと、ベッカが笑った顔で、「うちに置いてきちゃった」と答えた。

なるほど室内の印象がよくなっていた。私はクリッシーの手際に感心しながら、あちこち見て歩いた（炉棚の花瓶はなくなっていた）。ウィリアムも元気になったようだが、かがんで私の頬にキスしたときに、ふっと溜息をついて、私の腕をつかまえたので、どうやら娘たちの前では大丈夫そうな顔をしているということだと思った。その二人の料理で、親子四人が席につき――キッチンの丸いテーブルは持ち去られていなかった――ウィリアムは赤ワインを二杯飲んだが、そんなことが過去にあったかどうか、そもそも飲まない人である。そして、どうなったかというと――

私には信じがたいほど居心地がよかった。誰もがそんな気分だったろうと思う。いつもの現実を離れて、この四人が家族だった日々の調子に立ち返った。すっかり寛いだということも、いま言っておきたい。ほかの三人もそうだった。あれだけ楽になれたのはすごいことだ。私から見て、どの顔もうれしそうに輝いていた。

私たちは家族として知っていた昔の友人たちの話をした。ティーンエージャーだったベッカが、一年ほど前髪を染めて、紫色の縞がついたようになっていたという話も出た。ある夏の日の思い出が、これで何度目になるのか、また語られた。チャイルドシートに坐っていた三歳のクリッシーが、父親の言うことをしっかり聞いたという話である。父親が車を路肩に停め、ぐずってばかりの娘に指先を向けて、「こら、いいかげんにしないと怒るぞ」と言った。するとクリッシーも身を乗り出して、「こら、いーかげんにしないと、おこるぞ」と言ってのけた。これは家族の定番になった語り草だ。これに私が補足するのもお決まりで、「お父さん、わたしと顔を見合わせて、また走りだしたのよ。この家で誰が強いのかわかった」いい年になったクリッシーが、なつかしそうに照れていた。小さかった二人をフロリダのディズニーワールドへ連れていった話もした。パレードを見ていたら、フック船長に剣の先を向けられて、ベッカがこわがっていたよね、とクリッシーがくっくと笑った。「そんなことない」とベッカが言い、そうだったと皆が言った。「九歳だったよね。やってることは三歳だった」とクリッシーが言うので、ベッカも笑って、その目に涙が浮かんでいた。

「八歳だったぞ」ウィリアムが訂正を入れた。「あのときは八歳だ」

しばらくキッチンにいて、笑い合って、楽しかった。そのうちにベッカが時間を気にして、「そろそろ行かなくちゃ」と言った。いきなり表情が曇ったようだ。クリッシーも同じことを言う。私がウィリアムに目をやると、彼も私の顔を見て、「じゃあ、そろそろかな、ルーシー」と腰を上げた。「みんな帰っていいぞ。あとはおれが片付ける」と言って笑った顔に、おれは大丈夫だと思っている様子が見てとれた。娘たちにもそのように見えただろう。それでキッチンから出ようとしたら、ベッカがくるりと振り向いて、「ファミリーハグしない？」と言った。ウィリアムと私は、ちらっと目を見交わした。いきなり刺されたような心地だったかもしれない。娘たちが幼い頃には、よくファミリーハグと称して、四人がひとかたまりに抱き合ったものなのだ。そんなことをしてみたら、いまはもう娘たちが大きくなって、クリッシーは母親よりも上背がある。ともかく久々にくっつき合ってから、私は「じゃ、行くわよ」と歩きだし、二人の娘とエレベーターに乗った。街路に出たら、もうベッカが涙をこぼしそうになっていて、私が腕を回してやると、こらえきれずに泣いた。クリッシーも深刻な顔つきだ。私は「ほら、二人とも、そこのタクシーに乗って、先に行っていいわよ」と言った。

ほどなく私もタクシーをつかまえたが、車内で泣けてきてしまった。運転手が「大丈夫ですか」と言った。これに私は、大丈夫じゃないのよ、夫をなくしたんで、と答えた。「あ、それは、どうも」運転手は首を振りふり、「お気の毒です」と言った。

＊

では、私自身の母が、どうなったかというと――

私の母親については、すでに書いたことがあって、それ以上に書きたいとは思わなくなっているのだが、この物語の前提として、いくつか言っておいてもよさそうなことがある。

つまり、こういうことだ。母は子供に触れようとしない人で、手を出すとしたら、ひっぱたくだけだった。そういう記憶しかない。ルーシー、愛してるわよ、と言われた覚えもない。私がウィリアムを引き合わせようと連れていった日に、母はすぐ私を外へ出して、「あんなの追っ払ってよ。お父さんがおかしくなるじゃないの！」と言った。それで早々に退散したのだが、ウィリアムがドイツ系だから、と母は言っていた。父の目で見れば、ウィリアムはドイツ人ということのようで、だから戦争中の記憶がよみがえり、ひどかったことを思い出すのだという。もう私たちはウィリアムの車に乗って走り去るしかなかった。

あの日、走りだした車の中で、私がどういう暮らしをした家なのか、ウィリアムにいくつか話して聞かせた。あんな小さな家でも、そこに移れるまではガレージの間借りだったことまで、ようやく知らせたのだった。彼は黙って前方の路面だけを見ていた。それから数年がかりで、追加して話したこともある。あの小さな家の中がどうなっていたか、それまでのガレージではどうだったのか、すべて知らせたのは彼だけだ。

その後、だいぶ時間がたって私が入院した年に、母が——交通費はウィリアムが払ったので——ニューヨークに出てきたことがある。ただの盲腸だったはずの入院が、意外に長引いていた。そこへ母が見舞いに来て、五日間、病院に泊まり込んだのだが、あんなことは空前絶後で、まったく信じがたい事態だった。あの母も娘を愛していたのかと思った。それでいて、あとにも先にも、私からのコレクトコールを受けようとはしなかった。なつかしくなって、かけてみたこともある。すると母は、「もう金はあるだろうから、あっちで払えばいい」と言ったらしい。でも私に金の余裕なんてなかった。まだまだ駆け出しで、ウィリアムも大学ではポスドクの待遇しか得ていなかった。

いや、それはともかく。

あの見舞いから何年かあとのことを言いたい。今度は私が母に会いに行った。母はシカゴの病院で死を間近にしていたのだが、私が行ったら、来なくていいと言うので、私はすぐに帰った。

もう長らく——ずっと長い間——私は母に愛されたと思うことにしていた。だがディヴィッドが病を得て、亡くなってからは、どうだったのかわからなくなった。あの夫との愛ばかりが思われて、心の中でだんだん母が縮んだのかもしれない。

兄は育った家にずっと一人で住んでいる。姉は近くの町に移っている。先年、三人で顔を合わせたことがあって、うちの母親はおかしな人だったという見方で一致した。

兄や姉とは、週に一度くらい、電話で話すことがある。それまでは、まったく話をしない年月が続いていた。

私は母に愛された。そう思おうとする。ともかく母なりに愛してくれたはずだ。きれいな精神科の女医さんは言った。「願望はいつまでも消えない」

＊

ウィリアムの父親が死んでから、キャサリンはカントリークラブの会員になってゴルフを始めた。いつも同じ女同士のグループで毎週プレーしていた。ウィリアムにも教えたようだが、私が大学に入って出会った彼は、もうゴルフをしていなかった。というか、彼がゴルフをするのを見ていないし、その話を聞いたこともない。でも私たちが東部へ移ってから、彼が母親とゴルフをすることはあった。その最初の日に、私はテニスみたいなもので一時間か二時間したら戻ってくるのだろうと考えた。ところが五時間は超えたので、私はどこまで行ったんだと思って腹を立てた。すると二人は笑ったような顔で、ルーシー、ゴルフって、そんなもんだからね、と言った。

その年――私とウィリアムが結婚する直前に――キャサリンの計らいで私もゴルフのレッスンを受けることになった。まずカントリークラブの店に連れていかれ、ゴルフ用のスカートを買ってもらった。丈の短い赤のスカートだった。シューズも買われた。へんな感じがした。ちっとも様にならない。それから「プロ」という男にレッスンを受けた。もう泣きたくなった。我慢の限界だと思いながら、やっとスイングの格好をつけていたが、うまくいくものではない。キャサリンが連れ出しに来てくれたときは、きっと私の苦境を見てのことだろうと思った。クラブに引き上げてランチをとろうとした際に、そっとウィリアムに言っている声が聞こえたのだ。「ひどく困ってたみたいなのよ」

まもなく私の誕生日だった。何が欲しいかとキャサリンが言うので、だったら図書券がいいと答えた。書店へ行って何冊か本を買う。そう思うと嘘みたいにどきどきした。いざ誕生日になったら、彼女は私をガレージに連れていき、何本かまとまったゴルフクラブを見せた。彼女の顔が明るく輝いていた。「おめでとう」と言って、手をたたく。「はい、自前のセット」

私は一度もゴルフをプレーしていない。

だがエステルはゴルフをしたので、よくモントークでの滞在中に、あるいはエステルの母親が住んでいたラーチモントで、ウィリアムと組んでプレーしたようだ。そう言えばジョアンでさえゴルフをした。ウィリアム宅での夕食から数日後に、川をながめて坐っていたら、そんなことを思い出した。

＊

一週間ほどしてから、ウィリアムがどうなったかと思って電話すると、「ああ、どうってことない」と言っていた。ブリジットが来て二晩か三晩泊まったらしい。それで電話を切ったのだが、まあ、いいわ、こっちからはかけてやらない、と思った。なんだか素っ気ない態度に聞こえたのだ。

ところが、また何週間か後に――もう八月も末になっていた夜に――電話がかかってきて、ロイス・ブーバーという女のことが気になっていると言った。父親の違う姉である。その人に連絡をとるべきか考えているという。そんな話をするうちに、彼は姉をさがしたい気持ちはあると言った。だんだん時間がなくなっていて、ほかに親族はない。ただ、もし憎まれているとしたら、という迷いもある。あの母への憎しみはあるだろう。「どうしたもんだろうな、ルーシー」と彼は言った。「このことを娘らは知ってるだろうか」

「あたしは言ってないわよ」

「いや、言うんじゃないかと思ったんで」

「もし言うとしたら、あなたからでしょ」

「そうだな」

それで電話が終わった。


五分後に、またかかってきた。「ルーシー、一緒にメイン州へ行ってくれないか」

これには驚いた。言葉がなかった。

「な、ほら」ウィリアムが言った。「メイン州まで、何日か付き合ってくれよ。来週あたり——。そういうことで、どうかな。あっちへ行って、どんな様子か見ようと思ってる。ロイス・ブーバーの現住所はわかってるんだ。ちょっと見てこようよ」

「ちょっと見る？　何のことやら」

「うん、何だろうな」

＊

さて、旅とは、どんなものだったか——

旅に行こうと思い立つのはキャサリンだった。それで私たちを連れ回した。カリブ海の島へ行って、プールサイドで日光浴をするような、そういう旅だ。まず一回目は、私たちが結婚してすぐだった。すべてキャサリンが取り仕切って、三人でケイマン諸島へ行った。それまでに私は一度しか飛行機に乗ったことがなかった。大学の四年生になってウィリアムと東部に飛んだのが初めての空の旅で、空中に坐っているということが信じられなかった。なるべく平気な顔をしなければと思って頑張ったが、まったく肝を冷やしていた。

ケイマン諸島への機内では、すでに一度は経験済みということで、もう何事もなさそうにしていられた——ような気もするが、飛行機から降りて、まばゆい陽光の中へ踏み出し、ヴァンに乗ってホテルに行ったら、内心こわくてたまらなくなった。どうしたらいいものか、全然、何一つ、わからないのだった。部屋のキーはどう使うか。プールには何を着ていくか。プールサイドにどう坐っていたらよいか（私はまるっきり泳げない）。まわりの人を見ると、誰もが場慣れして、することに迷いがなさそうだ。がちがちに強ばっているのは私だけ！　いくつもの人体がラウンジチェアにのんびり寝そべり、てかてかにオイルを塗りたくった肌に日射しを受けている。どこかで手が上がると、ショートパンツをはいたポニーテールのウエイトレスが現れ、ドリンクの注文をとる。どうして誰もがそんなことを心得ているのだろう。私は自分が見えない存在だと思いながら——それだけなら、いつものことだが——この状況下では、わけのわからない感覚も出ていた。見えなくなっているくせに、同時に頭からスポットライトを浴びて、この若い女は何も知らないと言いふらされている。まるっきり知らないのだから、そんな気にもなる。ウィリアムとその母親は、ラウンジチェアをならべて、正面の大きな海を見ていたが、やっと私をさがすように顔を向けたウィリアムが、こっちへ来いと手を振った。キャサリンも「ルーシー、どうしたの？」と言った。大きなキャンバスハットをかぶっている。そのサングラスの目を向けられた。「いえ、別に――」すぐ戻りますと言っておいて、私は部屋に帰った。だがホテル内で道に迷って、しばらく見当違いのフロアをうろついてから、たどり着いた部屋で泣きに泣いた。そういうことを、あの二人は決して知らなかったと思う。

ただ、また戻っていったら、二人ともラウンジチェアに寝そべったままだったが、キャサリンは私にやさしかった。私の手をとって、「ちょっと困ってたみたいね」と言った。

キャサリンの部屋は私たちの隣にあって、どっちの部屋もガラスの引き戸から小さなパティオに出られた。家具は明るいベージュ系で、壁は白だった。キャサリンがパティオに出入りする音が、こちらにも聞こえた。引き戸の音もわかった。夜のベッドで、私はウィリアムに、あまり音を立てないで、と言った。すぐ隣に彼の母親がいると思うと、気になってならない。私が育った小さな家では、両親がほとんど夜ごとに発した痴態の音が、筒抜けに聞こえていた。声の主は父である。すさまじい高調子の奇声だった。ケイマン諸島への旅は、まともに眠れない一週間になった。

娘たちが生まれてからは、プールサイドで子守をしていればよかった。キャサリンはウィリアムとならんで話をしていた。あるとき私がキャサリンに、「若い頃にも、こんな旅をしてたの?」と言ったことがある。彼女は読んでいた雑誌を胸の上に置いて、海に目を投げたが、「してない。全然」と言うと、また雑誌を持ち上げた。

こんな旅はいやだと、いつも思っていた。どの一回もいやだった。

あるとき――結婚から五年くらいだったろうか――感謝祭にプエルトリコへの旅をした。宿泊先はケイマン諸島のホテルよりずっと高級感があって、青々とした芝生が広がり、プールも巨大で、正面が海だった。感謝祭の季節だったせいなのか、よくわからないが、なぜか自分の親がなつかしくなり、兄や姉にさえもそんな気がした。それで二十五セント硬貨をたくさん用意して――ウィリアムやキャサリンには内緒で、フロントへ行ってできるだけ両替してもらって――公衆電話からかけた。ロビーの奥まったあたりに、ずらずらと電話がならんで、マホガニー材の衝立に向かい合っていた。電話に出たのは父だった。私の声を聞いてびっくりしたようだが無理もない。私が実家に電話するなど、めったにないことだ。「かあさんは留守だぞ」と父が言うので、私は「あ、いいのよ、切らないで」と言った。

「おまえ、元気なのか、ルーシー」父としては気を遣ったようだ。

それで私は、つい口走って、「いまね、プエルトリコにいるの。ウィリアムのおかあさんも来てる。あたし、何だか、勝手がわかんなくて、こういうとこにいると、どうしていいのか困ってる」

すると一瞬の間があって、父は「いいとこなのか？」と言った。

「だと思う」

「どうしたもんかな。でも、まあ、景色だけはいいんだろ」

あの日、あの父が、そんなことを言った。

でも、のんびり景色を見てはいられなかった。娘たちがプールにいる。まだ幼い二人が、ばしゃばしゃと水をはね散らして喜んでいた。キャサリンに買ってもらった浮輪があるので、いきなり沈むことはなさそうだ。どうかするとキャサリンもプールに入って、娘たちに寄っていき、私が立っている位置を指さして、「そら、ママのところまで、泳いでごらん」と笑って手をたたいていた。それからまたプールから出ては、ビーチに戻って読書を再開するのだった。もしウィリアムがプールサイドに来れば——プールに入ってくれたら、なおよかったが——私もいくらか楽になった。他人への気兼ねが減った。プールの周辺に陣取って坐る人々が、ラウンジチェアに手首をだらりと載せかけ、日射しに目を閉じている。だがウィリアムは、たとえプールに入っても、そう長くいてくれないので、また私は一人で娘たちの相手をして、心細くなるのだった。

旅の帰路には娘たちの機嫌が悪くなり、その父親は（私の記憶では）とくに何とも言わなくて、空港での待ち時間が過ぎていった。搭乗してからは、私は娘たちの間の席にいて、おとなしく坐らせていようとした。腹が立つことも多かった。どっちかが騒げば、ほかの乗客に渋い顔を向けられる。ウィリアムとその母親は、自分の席にいるだけだ。

あれから私は仕事関係の旅をするようになった。新作を刊行したあとで、外国の出版社に招かれることもある。文学祭のような催しは、世界のどこにでもある。すでに各地を旅したと言ってよいだろう。ファーストクラスの客になって、歯磨き、歯ブラシのセットや、アイマスクをもらう。そういう旅を、もう何度もしている。

人生とは、わからないものだ。

*

土曜日にブルーミングデールズで待ち合わせて、クリッシーとベッカに会った。このデパートで娘たちに会うということを、もう何年も、何回も、続けている。まず七階へ行って、フローズンヨーグルトを食べてから、店内をぶらぶら歩く。そんなことをするのだと、ほかで書いたこともある。

どうしてまた書くかというと、このときはベッカが私の顔を見るなり「ねえ、パパったら、どうなっちゃってんのよ」と言ったからだ。「奥さんに逃げられたと思ったら、その次は半分だけ血のつながった姉さんがいるって言いだしたんでしょう？　ねえ、ちょっと、ママ！」と、茶色の目が私をにらむようだった。

「そうなのよね」

するとクリッシーも真顔になって、「いくら何でも、でしょ」

「まあ、たしかに」私は言った。どっちの娘も、父親のメイン州行きに私が付き合うことは歓迎していた。

クリッシーの様子からすると、いま妊娠しているとは思えなかった。この娘からもそんな話は出ない。だがフローズンヨーグルトのあとで靴売場を歩いていたら、ひょっこり言いだした。「専門の医師に相談しようかと思ってる。あたしだって、そんなに若くもないんだし」

「うん、それがいいかも」と言った私に、クリッシーがすっと腕を組んできた。

こういうときに母親が押しまくって、どこの医者？　一緒に行ったげようか？　どんなことするの？　などと聞きたがる例も世間にはあるだろうが、私はそういう気風の育ちではない。ピューリタンの家系で、両親ともにそんなことだけを自慢していた。気軽にものが言える家ではない。家族がろくに口をきかなかった。

娘たちとの別れ際に、いつものようにキスをした。さびしい心地になるのはいつものことだが、この日は、ちょっと余分に心が痛んだ。

「じゃあね、いってらっしゃい、気をつけて！」道路をはさんで地下鉄の入口へ降りようとする娘たちが言った。「連絡してね。わかったら教えて。じゃあね！」

＊

さっき父の話が出たので、ついでにもう少し言っておきたい。やはりPTSDに苦しんだ人だった。第二次大戦中、ドイツへ行かされて、とんでもなくひどい目に遭ったのだ。父自身は戦争の話をしなかった。父が兵隊だったのは私も子供ながらに知っていたのだから、たぶん母から聞いたのだったろう。その症状は（もちろんPTSDという用語を私は知らなかったが）異常な不安として発現し、さらには性欲が亢進《こうしん》して止まらないことにもなった。よく家の中を歩いては――

いや、それくらいにしておこう。

でも私は父という人を愛した。

そうだった。

こんな話まで出したのは、メイン州へ行く支度をしながら、ウィリアムの父親のことを考えたせいだろう。それがナチの側に立って戦った人であることは、すでに言ったとおり（私の父にとっては敵方だ）。そうだった男とキャサリンに手紙の往復が生じた。ドイツに帰ってからの彼は「自国のしたことがいやになる」と言った。そのようにキャサリンから聞いている。ところが手紙は一通も現存しない。というかキャサリンの死後に私たちがさがしても見つからなかった。だからウィリアムの父親が戦争についてどう思っていたのか、本当のことはわからないと言うべきかもしれないが、ウィリアムは十二歳だった年に父と話した内容を覚えていて、その記憶によれば、たしかにドイツのしたことは気に入らないと言っていた。私は夏用のブラウスを荷物の中に詰めながら、そんなことを思い返した。どうしてまたアメリカへ来ようとしたのだろう。キャサリンに再会したかっただけなのか。アメリカ人になりたかったのか。フランスの戦場では、アメリカ軍に塹壕《ざんごう》から引き出され、撃たれるかと思ったらそうでもなかった。あとで――ウィリアムおよびキャサリンの話だと――できることなら撃たなかった兵隊をさがして礼を言いたいと思ったそうだ。おそらくキャサリンに会いたいとも、アメリカ人になってしまいたいとも思ったのだろう。おそらく両方。それでマサチューセッツ工科大へ行って、土木の技師になった、ということはすでに言った。

だが、それよりも私が考えていたのは、ウィリアムが悩んでいた夜の恐怖のこと。ガス室や焼却棟が目に浮かぶのだと言っていた。

ウィリアムに財産が転がり込んだときのことも考えた。祖父にあたる人が戦争で儲けていたのだった。当時、まだ生きていたキャサリンは、たいして口を出すこともなかったが、そんな話になって間もない頃に、あのオレンジ色のカウチに寝そべって、私には言ったことがある。「きたない金だわ。ぱあっと撒《ま》いちゃえばいいのに」

でもウィリアムは放棄したりはせず、しっかり金持ちになった。でも、すでに言ったように、大口の寄付をすることはある。あの当時、どういう金で、どうする気なのか、私が聞こうとすると、彼はだんまりを決め込んだ。「もらっとく」とだけ言って、そのようにした。私にはわからないことだったが、いま思えば、もらって当然という気持ちがあったのかもしれない。父親に早く死なれたからだろうか。どこかで失ったものがあると、ほかで取り返してもよいという心理が働くことだってある。ウィリアムが財産をもらうまでには、ずいぶん時間がたっていたが、とうの昔の喪失感でも、なかなか消えるものではなさそうだ。返してもらえるものは返してもらう。そういう意識がウィリアムにあった（まだある）のだろうと、いまの私は考える。

キャサリンが再婚の夫とドイツへ行くことはなかった。だとすれば二人とも――終戦後にウィルヘルムがドイツに戻った一時期を除けば――もう育った土地に里帰りはしなかった。その点は夫婦に共通していた。

一つ思いついたことがある。メイン州へ行く支度でスーツケースにナイトガウンを入れていて、ふと思った。ウィリアムの人生は、こういうところで――ゆるんだ線路で列車が揺れるように――がたがた進んでいるのではないか。つまり、もう何年も前に私とドイツへ行って目にしたダッハウの光景が、脳裏を離れなくなっている。ドイツで見たものに彼は慄然とした。あの戦争のどこかに父がいたという衝撃が、心の奥底にこびりついたに違いない。言いようのない恐怖があって、彼を漂流させてしまった。

私が思ったのは、そういうこと。

たぶん彼の感覚では――あえて考えることがあったなら――ドイツでの経験こそが何よりも彼を変えたのだろう。その作用としては母親の死を上回ったかもしれない。

ただ、それでも――と私には思える――母親の死を境にして、彼は女癖が悪くなった。ジョアンにさえも手を出した。

結局、ウィリアムとは何なのだ。私が思ったのはそういうこと。もう昔から何度も思った。どういう人だ。

＊

この話もしておこう――

私は娘たちに父親の不倫について何も言わなかった。あの二人が耳にするとしても、私の口からではない。そう思って黙っていた。ウィリアムと別れてからも、私が語ることはなかった。

ところが、ある日――さほどに昔ではなく、せいぜい六、七年前だった――娘たちとブルーミングデールズへ行ったあと、近くのレストランでワインでも飲もうということになった。席につくと二人が目配せしておいて、クリッシーが言った。「ねえ、ママ、お父さんのことなんだけど、ママと夫婦だった頃にも浮気してた？」

私はしばらく何も言えず、澄んだ目で見てくる娘たちを見ていたが、「そんな話しても平気?」と言ったら、どちらも、うん、と答えた。

だから言った。「まあね、そうだった」

するとベッカが、「ジョアンなの?」

「そう」

それで私も——ごまかしたくないと思って——自分の話をした。ウィリアムと別れた時点で、私にも不倫が進行していたのだ。私は娘たちを一人ずつ見ながら、あるカリフォルニアの作家を好きになって、そういう関係になっていたと言った。その作家が既婚だったことも話した。「子供もいた。あたしだって同じ。そういうことよ」

娘たちは驚いたというより興味を持ったようで、それが私には驚きだった。クリッシーが「で、どうなったの」と言うので、「あれから、その人は離婚することになった。でも、だからといって、わたしが一緒になるわけじゃなし。そんな気はなかった。でも、こうなると、お父さんとはもう無理かなと思った」だが娘たちの反応は、そんなことはともかく、という調子だったのだから、ますます私は驚いた。クリッシーが聞きたいのはジョアンのことであるらしい。「長かったの?」と言うから、知らないと答えた。

ベッカが「あたし、あの人好きだった」と言い、この妹に顔を向けたクリッシーが「すっかりなついちゃって」と憤慨するようなので、私は「ま、しょうがないよね。知らなかったんだから」と言った。

それから二人とも静かになり、ベッカが首を振って、「この世の中、わかんなくなっちゃう」

私も「そうね」と言った。

別れ際に、二人が私にキスして、抱きついて、愛してると言った。あんな話をしたことで私はおおいに動揺していたのだが、娘たちはそうでもないらしい、というように見えた。

でも、ほかの人間が何をどう思ったかなんて、本当のことはわからない。

ラガーディア空港で待ち合わせたウィリアムを遠くから見たら、カーキズボンが短すぎるようだった。ちょっと悲しい。靴はローファーで、ソックスは青い。その濃くも薄くもない青ソックスが、ズボンの裾まで数インチは見えている。ああ、ウィリアム、と思った。ああ、ウィリアム！

やけに疲れた顔をしていた。目のまわりに隈がある。「よう、ボタン」と言って、隣に坐ってきた。車輪のついた小ぶりなスーツケースは、濃い茶系のツートンカラーで、これは高そうだと私にもわかった。その彼が私のキャリーバッグに目を向ける。強烈なスミレ色なのだ。「これで行くの？」

「あ、ストップ」私は言った。「いいのよ、見つけやすいんだから」

「ごもっとも」

彼は腕組みをして、あたりを見回し、「メイン州、行ったことある？」と言った。赤ん坊がカーペット敷きのフロアを這っていて、その後ろに母親がいる。抱っこ紐《スナグリ》を胸にくくりつけた母親が、こちらに笑顔を向けたので、ウィリアムも笑い返していた。

「一度だけ」と私が言うと、「あ、そう」と彼が言った。

「シャーリー・フォールズっていう町の大学で、朗読会があったのよ。前に話したと思う」

「そうだっけ」と彼は言ったが、なんとなく目が泳いでいた。

「どの本だったか。三冊目かな。ともかく英文科の主任に招かれて——その人も短篇を書くんだけど——午後から半日、その人に付き合わされたわ。だいぶ年のいった母親がいて、何やかや困ってるとか、そんなことばっかり言ってるの。で、キャンパスを歩いてるうちに、あれ、変だな、と思ったのよ。その晩の開催予定なのに、それらしい宣伝がちっとも見当たらない。ディナーに連れていかれてから、いよいよ講義室へ行くと、百人くらい坐れるようになってた部屋に、一人も来なかった」

ここでウィリアムが私に目を合わせた。「ほんと？」

「そう、まったくほんと。空前絶後。三十分くらい待ってから引き上げたわ。あとでメールが来て、すみません、どういうことかわかりません、なんて言われた。そのときは思いつかなかったけど、せめて自分の学生だけでも動員しとけばよかったじゃないの。そういう告知もしてなかったってことでしょ。いいえ、お気遣いなく、って返信してやった」

「何だそりゃ」ウィリアムは言った。「そいつ、どうなってんだろ」

「わかんない」

「いや、わかるさ」ウィリアムは、けしからんと言いたげな顔をしていた。「ルーシーを妬んでの嫌がらせだ」

「まさか。どうかしら、そんなの」

ウィリアムは、一つ息をついて、ゆっくりと首を振り、フロアを這っている赤ん坊に目を戻した。「いやあ、わからんぞ、ルーシー」と言って、ひげを指先でつまんだ。「謝礼は出たの？」

「そりゃ、まあ。あんまり覚えてないけど。たいして出るもんじゃないわよね」

「何てこった」

＊

夜、九時四十五分に、バンゴー空港に着いた。小型の飛行機に搭乗客もまばらだった。空港内を歩いていたら――照明が薄暗くて、気味の悪い感じもしたが――帰還兵を迎える趣旨の表示がいくつも出ていた。ウィリアムはあらかじめ調べたのだそうで、ここは空軍の基地だった時代があり、滑走路がすごく長いのだと言った。どこかしら外地にいた兵士が、この空港を玄関口として帰国した。あるいは逆に、ここを起点としてアメリカから戦地へ飛んでいった。イラク戦争でも多数の兵が戻ってきて、それぞれの故郷へ帰っていった。またメイン州の人々も帰還兵を迎える役割を自覚していた。私たちが歩いた通路とは別に、大きな文字で「出迎えホール」と書かれた通路があった。何となく記念館にでも来たような気がして、私自身の父のことを思い出した。父はドイツから船で帰還して、ニューヨークに着いてから、イリノイまでずっと鉄道で帰った。ウィリアムの父は、ここからメイン州に入ったりしたのだろうか。捕虜として飛行機で運ばれたのか。

「それはない」ウィリアムは言った。「親父はボストンで列車に乗せられた。ヨーロッパからは船で来たはずだ。そういうことを資料で読んだ」

どこか非現実のような、おかしな気がした。

ある男の姿が目に入った。空港で夜明かしの態勢になっていた（と思う）。若くもないが老いてもいない。スーツケースではなく、大きな白いポリ袋をいくつも所持して、だいぶ照明を落とした薄暗い一隅に、ぽつねんと坐っていた。私に見られているとわかったようで、男は膝の上に置いたポテトチップの大袋から食べている手を止めた。

ホテルは空港とつながっていた。ある通路を行っただけで、もうホテルのロビーに出る（椅子が二つあるだけで、あまりロビーらしくなかった）。ウィリアムがチェックインの手続きをして——部屋は個別である——私は背後のバーに顔を向けた。男の客にいくらか女も混じって、高さのある木製の椅子に腰を据え、上方に掛かったテレビを見ている。私はウィリアムから離れて、カウンターにいた女にシャルドネを一杯もらえないかと言った。「もう閉店」女は目を上げることもなく言った。「バーは十時まで」その手がグラスを持って、流しの水で洗っている。

「そこをどうにか」私は言った。壁時計を見れば、まだ十時を五分と過ぎていない。女はそれきり黙ったが、無愛想な態度を丸出しにして注文に応じた。

ワインのグラスを持ったまま、私はウィリアムのあとから——部屋が隣り合っているので——スミレ色のキャリーバッグをごろごろ引いていった。部屋に入ると、ひどく寒かった。室温が十五度くらいに設定されている。ずっと昔から寒いのは大嫌いだ。それで効きすぎのエアコンを切ったものの、しばらくは冷気が室内にとどまるだろうと思った。バスルームに、マウスウォッシュの（すごく）小さいボトルがあった。またセロハン袋に入って、男物らしいプラスチックの櫛《くし》もあった。これを私はじっと見てしまった。まったく同じような櫛を、実家の父が使っていた。こんなものを見たのは何年ぶりだろう。へなへなの小さい櫛は、ちょっと曲げれば、ぱきんと折れそうだ。それからウィリアムの部屋をノックしたら、私を入れてくれた彼が「こりゃまた」と言った。この部屋も寒い。彼はテレビをつけていたが、私が来たので音声をミュートにした。私がベッドに腰かけて画面を見ると、「ボタン収集の歴史」という宣伝をしていた。三つの異なる陶器のボウルに、さまざまなボタンが満杯に積まれて、織物を敷いた木製のテーブルに置かれている——という映像のあとに、「アルツハイマー病支援」の広告が出た。

　私は「あしたの予定、どうなってる？」と言った。

　まず出発して、途中で朝食、それからホールトンの町へ行って、ロイス・ブーバーの家の前を通過する。とりあえず見るだけ。住所はプレザント通り十四番地。そのあとフォート・フェアフィールドまで行ってもよいかもしれない。一九六一年に、その町でロイスは「ミス・ポテトの花クイーン」に選ばれている。ウィリアムが検索して見つけた写真では、フロートに乗って町をパレードしていた。私はｉＰａｄに出た写真をしげしげと見たが、古い写真なので、その女（まだ若い）がキャサリンに似ているのかどうか、よくわからなかった。でも当時はきれいな人だった。それだけはわかった。たくさんのクレープ紙がフロートを飾っている。街路には見物人、自動車がひしめいて、またバスも何台か出ていた。

「それから、まだ時間があったら、プレスクアイルにも回ってみる。ロイス・ブーバーの夫になった男の出身地だ。ちょこっと様子を見るだけでも」

「あ、そう。でも、どうして？」

「一応、全部見たい」

「あ、そう」

「というわけで朝になったらホールトンまで高速に乗って、見るものを見よう」と言っているウィリアムが、もう老人になったように見えた。ベッドの近くに立っているのだが、背中が丸くなり、目の光も弱まっていた。

私が立とうとすると、「じゃ、おやすみ」と彼が言った。

私は振り向いて、「ここんとこ夜の恐怖はどうなってるの？」と言った。

ウィリアムは片手をぱっと開いて、「消えた」と言い、さらに「現実がひどくなって、そっちは止まった」とも言った。

「ああ、なるほど。おやすみなさい」

フロントに電話して、毛布を一枚追加してもらいたいと言ったら、届けられるまでに四十五分かかった。

*

その夜、「パーク街ロビー」の夢を見た。夢の中で、この男がひどくあわてていた。私は目が覚めてバスルームへ行き、またベッドに戻って、彼のことを考えた。

もう昔の話だが、ウィリアムと別れてから、ちょっと浮ついたことがあった（すでに言ったカリフォルニアの作家ではなく、それより後の出来事だ）。その男の名前は——もし友人に話すとしたら——パーク街ロビーということにしておいた。出会ったのは、私がニュースクール大学で第二次大戦の講座を受けていた頃だ。父のことをよく知りたいと思って聴講した。バルジの戦い、ヒュルトゲンの森の戦いについて、できるだけ知りたかった。どっちの戦場にも行かされた父が、後々まで精神の痛手を引きずったのは、もう言ったとおりだ。その父が死んだ翌年に、私は講座に出ることにした。

パーク街ロビーと初めて口をきいたのは、エレベーターの中だった。あとになって気づいたが、何となく——顔に出る表情のせいか——父を思わせるような人だった。そこまでの年齢ではないとしても、私の父であっておかしくない年格好だ。でもパーク街ロビーは身なりがよかった。背丈があって、ネイビーブルーの長いコートを着ていた。

初めてパーク街のアパートへ行った日には、人が住んでいるような気配がないと思って驚いた。また、ある意味では、住んでいなかったとも言える。パーク街ロビーには二度の結婚歴があり、最後に付き合った女にも逃げられたばかりだった。ある消防士と出来上がったらしい。それがロビーには口惜しくてならないようだった。「消防士だ」と言って笑うことがあれば、ただ首を振ることもあった。「ふん、消防士だと。おれに飽きたってだけだろう」と、別れた女にそんな言い方をしていた。

ベッドに行って、やさしい男だと思っていたら、「さあ、ようし、ママに発射！」と言うので、私はすくみ上がりそうになった。あとでハンドバッグに入れてあった鎮静剤を二錠呑んだおかげで、どうにか寝てしまった。彼の胸の近くに私の頭があって、朝まで眠った。

毎回、彼は同じ発言をした。

土曜の夜に会う、ということが三カ月続いた。

＊

朝になって、ウィリアムが私の部屋をノックした。あの裾の短いカーキズボンをはいていたので、前日に空港で見たときと同じように、ああ、ウィリアム、と思ったのだが、疲れて目が覚めたあとだったので、その分だけ反応は弱まっていた。

すぐにウィリアムが——部屋の入口に突っ立ったまま——きのうの夜、寝ようとしたら、という話を始めた。まだ一歳くらいのベッカを抱いているような感覚があったのだという。

「あの汗っぽい顔が——ほら、よく汗かいてただろ——あの小さい顔が汗っぽくて、おれの首筋にくっついてくるんだ。うひゃあ、ルーシー」そう言って私を見るのだから、いきなり愛情に駆られてしまった。あの小さかった娘を思い出して、こんなに苦しそうな顔をするのだから。

「ああ、ピリー」私は言った「その気持ちわかる。くっきりした記憶が出るってこと、あるのよね」

彼の目がじっと見てきたが、私を見ているのでもなさそうだと思った。

「寝られた？」と聞いたら、彼はにっこり笑って、ひげが動いていた。「そうなんだ。わけわかんないよ。赤んぼみたいに眠った」
そっちはどうだったとは聞かれないので、私も言わなかった。

それぞれに小型のスーツケースを引きずって、レンタカーの営業所へ行き、借りた車に乗り込んだ。よく晴れた日で、気温は上がっていたが、暑いというほどではなかった。がらんとした駐車場が、どこまでも続きそうに見えた。やっと空港の外へ出て、上下にならんだ二つの看板を通過した。どちらも介護サービスである。〈シークエル・ケア〉、〈ヴィジティング・エンジェル〉というのだが、天使が翼を広げた黄色と紫色の看板が、下側で大きく目立っている。「老人が多いんだ」ウィリアムが言った。「メイン州は高齢者と白人の比率で全国一だからね」

高速道に、ほとんど車を見かけなかった。路肩のコンクリートから草が出ている。最高速度七十五マイル、という標識があった。助手席側の窓から見ると、オレンジっぽい赤になった木の梢が目についた。そのほか道沿いの樹木は、だいたい黄色くなりかかって、ある小さな木が一本だけ、あざやかに赤くなっていた。道路の外に広がる草は、もう色が抜けたような八月の様相を呈して、たっぷりした緑色とはほど遠い。その向こうは高い木ばかりだ。

それで思い出したことがある——
ウィリアムと夫婦だった時期には——まだキャサリンが生きていた頃からで、死んでからはなおさら――私たちがヘンゼルとグレーテルになったようなイメージが心の中に生じていた。二人の子供が森の中でパン屑をさがして、家に帰る道をたどろうとする。すでに私はウィリアムとの生活にだけ自分の家を感じたと言ったので、それとは矛盾するように聞こえるかもしれないが、私の気持ちとしては、どちらも正しいのであって不思議に両立する。なぜなのか、そういうことになっている。たとえ森で道に迷っても、ヘンゼルと一緒なら安心と思ったのだろう。

車で走っていたら、よくある感覚が出てしまった。発端になったのは、昨夜、空港に着いたら、どこか現実離れしたようで、ここが空港だとも思えなくなりそうだったことだろう。出てしまった感覚というのは――

恐怖心。

樹木がだんだん小さくなった。それから、しばらく松林が続いたと思うと、道路の左側にひょろひょろした樺の林が見えた。そんなことのほかは、広い道路が果てもなく続いている。目印になる看板もない。一台か二台、通っていった車はあるが、それだけのことだ。

すでに言ったように、私はすぐ不安に駆られることがある。ほとんど車を見かけない高速道を走っていて、ああ、来るんじゃなかった、と思った。

いつもと違うことがあるとこわくなる。ニューヨークにいれば、もう何年も住み慣れたところだと思っていられる。アパートも、友人も、ドアマンも、息をつくように停車する市内バスも、二人の娘も……いつものことだ。いつもではないところに来ると、それで不安になった。

　ものすごく不安だった。

　ウィリアムには言えなかった。こわいのだと正直に言えるほど、よく知っている人ではないような、いきなりそんな気がしてしまった。

　ママ――。私は心の中で泣いた。ママ、あたし、こわい。

　すると、ずっと昔から心の中に作り上げたやさしい母が、うん、わかった、と言った。

ひたすら走った。ウィリアムは黙ったきりで、フロントガラスの前方にどこまでも続く道を見ていた。ようやく私に視線を飛ばして、「そろそろ朝食にするかい?」と言った。私がうなずいて、彼は高速から外れた。もう私は何も目で追っていなかった。

　レストランの駐車場を歩いて、店の入口に近づいたら、ゴミで満杯の車が停まっていた。車内が――運転席は別として――ゴミだらけ、ゴミ詰まり。いかなる増殖もなく、もはや天井まで――古いセダンである――廃棄物が詰まっていた。新聞紙だとか、包装紙、厚紙の食品箱、そんなようなもの。ナンバープレートに大きくVの字が出ていて、「ベテラン《VETERAN》」ともあるので退役軍人だとわかる。

　私が小声で「ウィリアム」と言ったら、「何だ?」と言うので、「いまの見た?」と言うと、「目につくよな」と言いながら、彼はレストランのドアを手前に引いて、先に入っていったのだが、その言い方は――私の耳には――冷ややかなものだったので、私のパニック症状が強まった。

あ、パニックになる！

そういうことがない人には、わからない。

店内には十人ほどの客がいただろうか。丸太小屋のような内装にして――というのは、丸太を積んだような壁になっていて――ウエイトレスはみな客あしらいがよかった。私たちをブース席に案内したのは、真っ赤な口紅をつけた若い女だった。小柄なぽっちゃり型で、てきぱきと応対していた。ウィリアムはメニューを見たが、私はさほど食欲もなかったので、戻ってきたウエイトレスに、卵一つ、スクランブルで、と頼んだ。ウィリアムは卵を載せたハッシュということにした。

やや離れて、右に寄ったテーブルに、まったく歯のない男がいて、ほかの二人を相手に、パスポートを取らないといけないとか何とかの話をしていた。

「ウィリアム」私は言った。

彼は私に目を向け、「どうした？」

私はそっと静かに、「パニックが来そう」

すると彼は内心がっくりして――そうと見えた気がする――「おい、ルーシー、何でまた、そうなるんだ？」と言った。

「わかんない」

「まだ続いてたのか？」

「このところなかった。あれからも——」と言いかけたのは、夫に死なれてからも、ということだ。そういう悲しみはパニックとは別物なのだが、ともかく言わなかった。

ウィリアムがいやな顔をしたことは間違いないと思う。「どうすればいい？」と言うから、もう憎たらしくなった。

「どうしようも」

これにウィリアムは、「たぶん、このあたりまで来ると、育った田舎を思い出すんだろうな」と言った。

「そんなことない。ここまで走って、大豆畑なんて見た？」と私は言い返したのだが、たしかに一理あるとも思った。この小さな店で朝食をとろうとするまでに、ほとんど人の姿を見なかった。その孤立感はきっかけになる。

「うーん、そうだな」ウィリアムは座席に沈んだ。「どうしてやったらいいのか。おれも女房に逃げられて七週間なんで」

「わたしは夫に死なれたわ」と言いながら、これって競争なの、と思った。

「そりゃそうだが、もともとパニックにどう対処してやったらいいかわかんないんだ。ずっとわかんないままだった」

「たとえば、そうね、ドアを開けたら、まず自分が先じゃなくて、ドアを押さえたまま、わたしを通してくれるとか——ちゃんとした長さのズボンをはくとか——。そのカーキズボン、へんに裾が短くて、見てるとげんなりする。ほんとにもう、野暮くさいんだから」

ウィリアムは座席にもたれて、びっくりたまげた顔になった。「ほんとに？　そうか？」彼はずるっと横に移動して立ち上がり、「そうかな」と見下ろした。

「そうよ！」と私が言って、彼のひげが動いた。

彼はまた私と対面でどっかと坐り、そらせた上向きの顔から、ついぞ聞かれなくなっている彼らしい素直な笑いを発した。

パニックが遠ざかった。

「まいったね。ルーシー・バートンが、ひとのズボンが短いとか言ってるよ」

「だって、そうだもの。みっともない」

ウィリアムがさらにまた笑った。「野暮くさいなんて、いまでも言う人いるのか」

「いるのよ、ここに」と言ったら、またウィリアムが笑った。

「買ったばっかなんだけどな。――ちょっと短いかとは思ったんだ」

「そうよ、短すぎ」

「靴を履かないで試着したせいかな」

「もう、いいから。どっかに寄付すれば」


ウィリアムが笑ったおかげで気楽になれた。それからは何でもなかった。

びっくりする分量の食事が来た。ウィリアムの皿には赤っぽいハッシュが大盛りで、その上にフライドエッグが二つ、さらにポテトが積み上がっていた。パンは厚切りで三枚。また私の皿にも卵が何個分かぐちゃぐちゃにスクランブルされて、脂ぎったベーコンが添えられ、やはり分厚いパンが三枚あった。「何、これ」と私は言い、ウィリアムも「すごいな」と言った。

「さて、それはそうと、ロイス・ブーバーを見つけたら、どうしようかな」ウィリアムは赤っぽい料理を突つきまわしてから一口頬張った。

「ま、着いてから考えましょ」

しばらくロイスのことを語った。「ミス・ポテトの花クイーン」だったこと、母親に捨てられたという認識はあるのかということ。あるだろうとウィリアムは言い、どうかしらと私は言った。「そりゃまあ、わかんないけどな」と言って、ウィリアムは首を振った。

「いやはや」


そのうちにウエイトレスが来て、残った分は箱に詰めてお持ち帰りできます、と言ったが、ウィリアムは「いや、結構だ、もう充分」と答えた。

「そうですか?」ウエイトレスには思いがけない返事だったようで、真っ赤に塗った唇をすぼめていた。

「うん」とウィリアムが言うと、じゃあ伝票お持ちします、と彼女は言った。「案外、おれの親戚だったりして」ウィリアムは冗談だけでもなさそうな言い方をした。

「かもね」

店の出口で、ドアを開けたウィリアムが、わざとらしい格好をつけて、私を先に通らせた。

＊

この町を走っていたら、〈リビーズ・カラーブティック〉という看板があった。「カーペット、合板、ビニールフロア」とも書いてあるが、もう「閉店」になっている。町から出ると、電信柱にアメリカの旗が掲げられて、ずらずらと続いていた。ところどころに黒い色が混じっているのは、捕虜になった兵を記念する旗である。高速の入口がなかなか見つからなかった。しばらくカーブの多い道を走っていたら、背の低いガマや、ゴールデンロッド、また何という名前なのか、てっぺんが薄赤くて、あとは茶色に枯れたような色の草を見かけた。昼間だというのに、ほかに走っている車はなく、どこにも人影がなかった。

八月下旬の水曜日である。いまにも倒れそうな家屋はいくらでも見かける。その側面に星印の旗が掛かっていることも多い。従軍した兵士の家だ。金色の星なら戦死者を出した家。「アメリカに祈りを」という看板がたくさん出ていた。「ユナイテッド・バイブル・キャンプ」の小屋も見かける。

すっかり錆《さび》だらけになったポンコツ車が、古そうな建物に何台も寄せてあった。とうの昔から住む人もいなくなったようだ。道路からは引っ込んで建っている。

「わたしが男で、若い女を殺したくなって、死体を隠して知らん顔するなら、こういうとこに捨てればよさそう、なんてね」

ウィリアムがちらっと見てきた。笑った顔のひげが動いて、彼はちょっとだけ私の膝に手を添えた。「おいおい、ルーシー」

そんな話をしてまもなく、つまり私が男で、若い女の死体を片付けたいのだったら、と言ったすぐあとで、ふと思ったのだが――

この道を走行中に、倒れそうな家を見て、道端に草があって、まるで人がいない、というところから、父のトラックに乗っていた日のことが、おぼろげな記憶として浮かんできた。私はまだ幼くて、助手席に坐らされ、窓からの風に髪をなびかせていた。乗っていたのは二人だけだ――どこへ行こうとしていたのだろう。だが、あれは子供時代の暗澹《あんたん》とした記憶とは違う。どこかしら、いま私の奥深くで動くものがあった。それが何かというと、ほとんど――どう言えばいいのか――父の古びた赤いシボレーのトラックに乗っていたときの解放感と、ほとんど同じものだった。ウィリアムの隣に乗っていながら、手を大きく振りまわして言いたくなった。ここいらの人は身内みたいなもの――。もちろん、そんなはずがない。どこのどんな集団にせよ、いままでの私には所属するという感覚がなかった。でも、こうしてメイン州の田舎に来ていて、ふと思いついたのは、わかる、ということで――そうとしか言えない――このへんの家に住む人々、わずかとはいえ通り過ぎる家に住む人々のことが、わかる、という気がした。おかしなものだが、現実として、ここがどこなのかわかると、このときには思えていた。さらにまた、車窓からは見えなくても、まばらな家に住んでいて、その家の前にトラックを停めている人々を愛せるような、ほとんどそんな気がしていた。そういうことだ。

ただ、ウィリアムには言わなかった。彼はマサチューセッツ州ニュートンの出であって、私のようにイリノイ州アムギャッシュという貧しい町に育った人ではない。ずっと何年もニューヨークに住んでいる。もちろん住んだというだけなら、私だってニューヨークに長いのだが、彼はしっかり住み着いて、ニューヨークが身の丈に合っている。私はそう感じたことがない。そうではないのだから。

＊

あるパーティで会った女のことを思い出した。パーティなるものには、デイヴィッドに死なれてから初めて――その一回だけ――出て行った。どうせ悲惨なことになると思ったら、私より十歳は下だろうかという、たぶん五十三くらいだった女がいて、ただ話し相手をさがすだけの出会い系サイトを見たら、それで人生が変わったのだと言った。しっかり見開いた率直な目をしていたが――アイメイクのちょっとした塗りそこないを、教えてやりたいけど、言えるものではないと思っているうちに――そんなことはどうでもよくなって、この話に釣り込まれていた。聞いていておもしろかった。ある男とシカゴのドレイク・ホテルで会って、帰ってきたばかりなのだという。会ったのは三度目だが、会って話すだけだそうだ。それが目的なのである。

こわいとは思わないのか――同い年だったという男と、ともかく実際に会うのだから――と聞いてみたら、それは最初だけで、会ってしまえば（と言いながら彼女は私の腕に手を添えて）ああ、さびしい人なんだ、と思ったそうだ。「お互いさまなのよ」と首をうなずかせた。それから交替で話をしたらしい。彼女は義理の母親のことを語った。ずっと前に死んだのだが、いまも「終わった気がしない」ので、どうしても話したかったという。

ニックという名前の男からは、息子の話が出た。ひどく手を焼かされて、もう妻は話をするのもいやがっている。男は自分の番になると、そういう話をしたのだった。「ということで、それぞれが聞き役にもなるの」女はスパークリングウォーターを一口飲んで――ワインではないと私にもわかった――うなずいて、また何度かうなずいた。「ニックってのが本名かどうかも知らない」

その人に恋してしまいそうになるのか聞いてみた。

もう一口、スパークリングウォーターを飲んで、彼女は言った。「そこんとこ聞かれると、ちょっとねえ。だって最初に会ったときは、もう絶対に惚れたりしないと思った。もちろん、それでいいわけなんだけど、でもねえ、最後に会ったあとでは、彼のこと考えちゃっていたりして、これってひょっとして少しは、とか――」

「あら！」と声をかけた若い女がいて、彼女に腕を回そうとした。すると私と話していた女は、スパークリングウォーターのグラスを持ち上げて、「おや、まあ、来てたんだ！」と言い、それきり私の視界から消えていった。

人間はさびしい。そういうことだ。よく知っている人にこそ、言ってもよさそうなことを言えなくなっている。

＊

ほぼ正午になって、ホールトンに着いた。裁判所、郵便局といった大きなレンガ造りの建物に、日射しが降りそそいでいる。メインストリートには少ないながらも商店があった。

家具の店、婦人服の店——。ゆっくり走っていくと、プレザント通りという標識が見えたので、「ウィリアム、この道がそうなのよ！」と、つい大きな声が出た。窓から見える家屋は、小さくて木造のようだ。二軒の白い家を通過した。十四番地の前も通ったが、この付近では上々の家だ。小さくもない。三階建てをダークブルーに塗ったばかりで、窓枠などは赤くしている。正面側に小さな花壇があって、庭にハンモックも出ていた。ウィリアムはそっちを見ながら運転して、かなり行き過ぎてから、次の区画で道路脇に寄せた。

「ルーシー」

「あれよね」

しばらく車内に坐っていた。フロントガラスから日が射してくる。あたりを見れば、すぐ近くに図書館があった。「行きましょ」

「図書館？」

「そう」

＊

入っていくと、カーブして上がる階段が見えて、貸出カウンターがあった。すでに来館者が二人。若い女と老人だが、どちらも新聞を読んでいる。いい雰囲気だ。小さい町の図書館らしい好ましさがある。司書の女性が目を上げた。おそらく五十代半ば。髪の色がほとんどない。というのはつまり、うっすらした茶系で、若い頃にはブロンドだったのが、ここまで薄らいだのだろう。目は大きくもなく、小さくもなく、まったく普通というところ。だが私たちが来たと見ると、すぐに応対してくれて、「どういうご用件でしょうか」と言った。こちらが地元の人間ではないと察したらしい。

「じつは夫の父が、かつてドイツの戦争捕虜でして、このあたりのジャガイモ畑で作業していたのですが、そういうことの記録はあるのでしょうか」

私たちを見ていた司書が、カウンターを回って出てきた。「ええ、あります」そう言って案内したコーナーには、ドイツ人捕虜の資料だけが集められていた。これを見たウィリアムの顔に、はっきりと感情の動きが出た。捕虜が描いたという絵が壁に掛かっている。古い雑誌が関連する記事のページを開いて展示されていた。製本された冊子もあった。

「フィリスと申します」司書が言った。ウィリアムに握手をされたのは意外だったようだ。この人がウィリアムに名前を聞いて、彼が答えて、その次に私も聞かれたので、「ルーシー・バートン」と、ぼそぼそ答えた。「では、どうぞ、ご覧ください」とフィリスが言い、アームチェアを二脚引き寄せてくれたので、私たちは礼を言った。

古い写真を収めた棚もあって、ある一枚に目をこらした私が、「ウィリアム、ほら、これ！」と言った。四人の男が地面に膝をついた写真で、それぞれの名前も記されている。一人だけ笑った顔で、あとの三人はそうではない。ヴィルヘルム・ガーハートは端っこにいて、笑っていなかった。帽子のかぶり方もまっすぐではない。思いつめたような顔でカメラを見返している。くそ食らえ、と言っているようでなくもない。ウィリアムはこの写真を手に取って、じっと見つめた。その顔を私が見ていて、いったん目をはずした。

また見ると、ウィリアムは写真から目を離していなかった。ようやく私に顔を向け、「そうだよ、ルーシー」と言うと、もっと静かな声になって、「これ、親父だ」それで私もまた写真を見たが、あらためてウィリアムの父になる男の表情が気になった。四人とも痩せ細っているが、ウィリアムの父は顔を曇らせ、目も暗く、やや不遜な態度を秘めているように見えた。

フィリスはさっきから私たちの後ろに立っていて、「この町の自慢なんですが――」と言った。「捕虜の取り扱いはよかったんです。ほら、これですけど」彼女が見せたのは、冊子に転載された何通かの手紙である。ドイツに帰った捕虜が、ジャガイモ農家に宛てて書いた。いずれも食料を送ってもらいたい意向を伝えている。「実際に物資を送る農家もあったんですよ」フィリスは冊子をぱらぱらと繰って、一枚の写真を見せた。ある男が大きな荷箱を次から次へコンベアに載せている。トラスクという名前ではなかった。そんな予想をしたわけでもない。「じゃ、ごゆっくり」と言って、フィリスはまた貸出カウンターに戻っていった。

＊

ウィリアムが私を突ついて、読んでいた冊子の終わりに近い一行を指さした。ある捕虜の発言が引用されていて、ヒトラーの誕生日、四月二十日に、紫色の布きれで縫った鉤十字をバラックに掛けたという。私が見つけた戦後の手紙の記述では、捕虜への食事が乏しかった時期もあるらしい。キャサリンが捕虜にドーナツを作ってやったという話を思い出した。そうやって一時間以上は資料を見ていたら、またフィリスが来た。「うちの夫が、もう退職してるんですけど、よろしければバラックに案内すると言ってます。もちろん当時そのままじゃありませんが、行ってみるお気持ちがあれば、どうでしょうね。飛行場のほうなんですが」

ウィリアムの顔に喜色が浮いて、「それはどうも、ありがとうございます」と言った。それでフィリスが携帯でメールしてから、「あと十分で来るそうですよ」ということなので、私たちは荷物を持ってカウンターに戻った。すると私の本が積み上がっていて、「図書館用にサインしていただけます？」と、フィリスが言った。ええ、それはもう、と答えたものの、どうして私のことがわかったのかと驚いた（すでに言ったとおりで、私は目立たないはずなのだ）。ともかく、カウンターの前に立って、サインを済ませた。

フィリスの夫はラルフという男で、夫婦そろっての好人物だった。髪の色まで同様に、ブロンドから色が抜けたように見える。カーキズボン（ちょうどよい長さ）に赤いTシャツという服装で、私たちをジープに乗せてくれた。飛行場の方面に向かいながら、もっぱら助手席のウィリアムに話しかけて（私は後部座席にいた）、日射しの明るい道を十五分ほども走ってから、あれが監視塔ですよと教えた。たいして高くもない塔が、いまなお立っている。それから未舗装の区域に乗り入れ、エンジンをかけて停まったまま、バラックの跡地を見た。時期によっては千人を超える捕虜の宿舎になっていたという。いまではコンクリートの一隅を残すだけだった。

すると奇妙なことがあった。信じてもらえるように言えるとも思えないが、ともかく、ありのままに言っておこう——

私は残存するコンクリートに目を向けた。草の葉がかぶさりそうになっている。日射しが当たって、緑色の葉が光る。と思っていたら、私の脳内でかくんと動くものがあった。このときラルフが言っていたことは、どれも私には予想がついた。というのはつまり、どの一言でも発せられる直前に、それが何なのか私にはわかっていた。どうという内容ではない。どんな建築で、何を壁材にしたか、というようなこと。だが私の頭の中に聞こえたのは女の声だ。いま言われていることを、そっくりそのまま女の声で聞いていた。わけがわからない。デジャヴなのだろうか、とも思ったが、やはり違う。そういうものより長続きした。まったく不思議な瞬間だ。その連続と言うべきか。

私たちが駐車した場所まで戻ってもらって、握手を交わし、礼を言った。また車に乗ってから、さっきのことをウィリアムに言うと、彼はさぐるような顔になって、私を見ていた。「どういうことなんだ」

「自分でもわからない」

「幻視みたいなものかな」彼は言った。私には何度か幻視を見た過去がある（私の母もそうだった）。ウィリアムは、科学者ではあるけれど、そういうことがわかっていて、私の言うことを受け止めてくれた。

「そうでもなくて」私は言った。「さっきのは、ほんと——。なんだか異次元の隙間に落ち込んだみたいだった。それが一瞬というよりは長くて」

彼はどうにか呑み込もうとするようだった。それから首を振って、「ふうん、そうか」と言うと、車のエンジンをかけた。

＊

母の幻視――

母は、縫いもの、繕いものを引き受けて、賃仕事にしていた。その客だった女が胆嚢《たんのう》の手術をすることになったのだが、その入院の前夜に、母は女が癌になっているという夢を見た。翌朝、古い洗濯機の前で母が泣いていたので、どうしたのと言ったら、あの人は「もう広がっちゃってる」だろうと母が言った。それがその通りになって、女は十週間後に死んだ。

町の住人が自殺すると予見したこともある。その何週間か前に、母が「見たのよ」と言いだして、それが的中した。畑地に出た男が、自身を銃で撃ったのだ。いい人だった。会衆派教会で執事をしていて、うちの一家が無料の食事を目当てに教会へ行った感謝祭の日に、笑顔を向けてくれたのを覚えている。

私がまだ小さかった頃に、ある男の子が行方不明になった。そうしたら母が、あれは井戸に落ちたのだと言った。幻視として見えたらしい。だったら警察に知らせろと父が言って、母は「あんた、頭おかしいんじゃないの」と言った。「あたしがおかしいと思われるよ。そうなってもいいの？　おかしい一家だって評判になる」ところが男の子が井戸の中から見つかったので、どっちみち通報するまでもないことになった。ただ私たちは知っていた。その子は無事だった。

クリッシーが生まれたときには、母から手紙が来た。妊娠したとさえ知らせていなかったのに、母が書いていたことは——女の子が生まれたね、あんたがベビー毛布を持ってるのが見えて、女の子だってのもわかった……。

母はそういう人なのだ。私はそう思うことにしていた。

私にも見えると思うものはあったが、はずれてばかりなので、まともに考えていなかった。（ウィリアムの浮気については、夢を見たりもしていたが、ああいうのを幻視と言えるのかどうか、ちょっとあやしい——）一つだけ書いておこう。だいぶ昔に、あるマンハッタンの大学で教えたことがある。同僚で仲のよかった人がロングアイランドに家を持っていて、私も一度だけ訪ねていったのだが、うっかり時計を忘れてきてしまった。どうせ安物の店で買ったので、ちっとも惜しくはない。それきり考えもせず、友人にも黙っていた。ところが、ある朝に——もう何カ月もたって——地下鉄に乗ろうとしていたら、あの時計が大学の個人用メールボックスにあるという映像が見えた。メールボックスと言っても、木製の枠組に個別のスロットが開いているだけのこと。その中に、まったく私が見たとおりに、時計が入っていた。私の幻視としては、あれが一番の不思議だった。自分では全然気にしていないことだったのに、そうなった。

＊

ホールトンで昼食をとろうとしたのだが、一軒だけ見つけた店は二時半までの営業だった。着いた時刻は二時三十五分。入口にいた女が「すいませんね」とドアを閉めて、中から戸締まりした。「ほかに店ありますか?」とウィリアムがガラス越しに聞こうとしても、女は知らん顔で引っ込んだ。

「何なんだ」ウィリアムが言った。「しょうがない、フォート・フェアフィールドまで行くか」

ウィリアムの心づもりでは、その町まで足を延ばして、若かりしロイスが「ミス・ポテトの花クイーン」になってパレードの車に乗ったという街路を走り——そんなことを大事にする心境が私にはわからなかったが——それからプレスクアイルに立ち寄って——ホールトンに戻れば四十マイルだが、そこまでなら十一マイル——今夜の泊まりにすることにしていた。「ロイスの夫になった男が、その町の出なんでね」と言ったのは、プレスクアイルのことだ。あすはホールトンを経由して空港へ戻り、ニューヨーク行きの夜の便に乗ることになるが、そのホールトンでどうするか、あらかじめ考えておかねばなるまい。つまり、プレザント通り十四番地に住む女についてどうするか。ウィリアムの異父姉たるロイス・ブーバーである。

＊

フォート・フェアフィールドに向かう道で、大きく空が開けた。ぐるりと空の広がる土地に育った私としては、ふと心が躍った。ここでの空は、燦々《さんさん》と日が照っているものの、ところどころにキルトのような低い雲があって、太陽が雲に出入りしながら緑の牧草地を輝かせている。すごく大きなヒマワリ畑を通過した。クローバーを植えた畑もあったが、これは緑肥植物というもので、春になったら土にすき込んで耕し、肥料効果をねらう。ということを子供でも知っている土地に私は育った。ほとんど昔なじみのような風景に、ちょっとうれしくなった。けさは何もない僻地《へきち》に来たと思ってパニックの発端になったが、もうこんな気分に変わっている。おもしろいものだ。ともかく、うれしくなったということで、またもや父とトラックに乗っていた子供の記憶がよみがえった。

車で走っていて――このあたりでも通行する車はほとんど見なかった――ウィリアムが「すまなかったな、ルーシー」と言った。「夫婦だった時分に、さんざん馬鹿をやらかした」前方の道路だけを見て、リラックスした運転ぶりである。両手がハンドルの下のほうへ行っていた。

「いいのよ。私も悪かったと思う。おかしくなっちゃったりして」

彼はわずかに首をうなずかせただけで、運転を続けた。

夫婦でなくなってから、こういう話を――ほとんど同じことを――何度となく繰り返した。そう頻繁にではないが、ひょっこり出てきて、どっちからも謝っている。へんだと思われるかもしれないが、私とウィリアムはこんなものだ。そのように出来ている。

いま口に出すことが、まったく自然に思えた。

「娘らにメールしとくわ」と私が言って、送ったらすぐに二人から返事があった。最後まで聞くのが待ちきれない、とベッカは書いていた。

小さな家を二軒通り過ぎて、どちらにも衛星放送のアンテナが立っていた。ある農家の庭に、車体の長いトラックが四台置かれていた。以前は荷物を運んだのだろうが、もう何年も稼働していないようだ。伸びた草に埋もれそうになっている。

「おれの親父は、ヒトラー・ユーゲントにいたんだ」

「どんな話だっけ」ずっと前にも聞いたことがあった。

「親父が戦争の話をしたのは一度しか覚えてない。テレビで何かやってたんで、何だったかな、ドイツ人捕虜の収容所がどうとか、ネタにされてたみたいだ」

これに私は何とも言わずにいた。育った家にテレビはなかったし、すでに聞いた話でもあった。

「そしたら親父が言ったよ。あんなのは嘘っぱちだ、見るんじゃない。それから、親父はおれの顔を見て、こうも言った。ドイツはひどいことになった。おれはドイツ人だからといって恥じることはないが、ドイツという国がしたことは恥ずかしい」さらにウィリアムはじっくり考えるように、「もう息子にはそういうことを聞かせてもいいと思ったんだろうな。おれは十二歳くらいだった。それでヒトラー・ユーゲントなんて話にもなった。何となく入るしかなくなって、たいして考えもしなかった。あとでノルマンディにも行ったんだが、まずヒトラー・ユーゲントのことを言いたかったらしい。フランスの塹壕では四人のアメリカ兵に見つかって、もう死ぬかと思ったが、殺されずにすんだ。どこかで会ったら礼を言いたいと、いつも思ってたそうだ。ドイツがしたことを――少なくとも、おれに話して聞かせた時点では――支持してなかったと言いたかったんだろう。だから、おれは、わかった、とだけ言った」

ウィリアムが運転席で首を振った。「そういうことを、もっと聞いとけばよかったよ」

「そうね。そうだったと思う」

「それにキャサリン・コールも、まるで語ろうとしなかった。親父が戦争をどう思ってたのか、いま言った以上のことは、おれに話さなかった」

これも私はすでに知っていたが、どうとも言わなかった。

＊

夫婦だった頃のことでウィリアムに詫びを言われ、こんな記憶も出た——とうの昔になったが、ウィリアムから何人かの女がいたことを初めて聞かされて、とくに惚れたやつがいるのではないとも言われたが、一人だけ別扱いになっていることはわかって、また同じ職場にいるということで——ジョアンではなく——私と別れてその女と一緒になるのかとも思えた。当時、私たち四人が——というのはウィリアムのほかに、娘が二人——イギリスへ行ったことがある。私がずっと行きたがっていたと彼が考えたからなのだが、出かける直前になって、そういう女がいるということが知れた。ほかにもいたのだが、いま言ったように、一人だけ特別になっていた。ロンドンに着いてから、ある晩、娘たちが寝たあとで、私はバスルームへ行って泣きだしていた。するとウィリアムが来たので、「わたしと別れたりしないで」と言うと、彼が「なぜ?」と言うので、私は——いまでもはっきり覚えているが、フロアにへたり込んで、シャワーカーテンにつかまり、それから彼のズボンの脚につかまって――「あなたがウィリアムだから。あなた、ウィリアムなのよ」と言った。

その後、今度は私がもう別れようと決めると、ウィリアムは泣いたが、私のような言い方はせずに、「一人になるのがこわい」と言った。私はしっかり聞いていたつもりだが、「別れないでくれ。おまえ、ルーシーなんだから」と言われた覚えはない。

別れたあと、私から電話して、ずっとこのままになるのかしら、と言った。そうしたら彼は、何かしら変われることがあるんなら、どうにか、と言った。

変われることなんかなかった。どう変わったら元通りになるのか、私にはわからなかった。そういうこと。

＊

信頼感について――

大学で創作を教えていて――そんな仕事が長かったが――よく学生に言った。どれだけの説得力を、書くものに持ち込めるか。大事なのはそれだ。

図書館でウィルヘルム・ガーハートの写真を見て、ああ、これは強い、と思った。なぜキャサリンが好意を抱いたのか腑に落ちた。その顔立ちというよりも、どんな顔をしていたか――。言われることには従うが、魂までは渡さない顔だ。この男がピアノを弾いて、また出て行った。ありそうなことだ。そしてまた（じんわりと）わかってきた。私がウィリアムに惹かれたのも、この人なら頼れると思ったからだ。人間は頼れる強さを求める。

そういうものだ。誰が何と言おうと、頼れるものが欲しくなる。その人と一緒なら安心だと思いたい。

私たちに「難しいこと」があったとしても——私はそんな言い方をするようになっていた——ウィリアムを頼りたい感覚は消えなかった。森で迷子になったヘンゼルとグレーテルのようであっても、この人といれば安心と思っていた。そう思わせる人は、どういう人なのか。うまく言えない。だが、ウィリアムと出会って、また夫婦になってからも、「難しいこと」が出てからも、その気持ちは変わらなかった。結婚してまもなく(すでに言ったように)困ったことがあったのだけれど、当時でも、私は友人に「魚になって、ぐるぐる泳いでたみたいな気がするわ。そしたら、こんな岩に出くわした」と言った覚えがある。

＊

地名の看板を通過した。「フレンドリーな町、フォート・フェアフィールド」ウィリアムが顔をフロントガラスに寄せるように前を見て、「何なんだ」と言った。

「ほんと、どうなってんの」

どこもかしこも閉まっている。車は一台も出ていない。「ヴィレッジ・コモンズ」というらしい一棟の建物に、「貸しビル」の表示が見えた。ファースト・ナショナル銀行の支店があって、列柱を立てた店構えだが、入口には板を打ちつけて閉じている。そのほか店舗という店舗が似たように閉鎖されていた。メインストリートを行ききった小さな郵便局だけが、かろうじて開いているようだった。この通りの裏手には川が流れている。

「どうなってんだ」

「さあね」まったく気味が悪かった。コーヒーショップも、服飾店、ドラッグストアも、何にせよ営業中の店はない。ほかに車を見かけないメインストリートを引き返して、この町を出た。

「さびれた州なんだな」ウィリアムはそんなことを言ったが、動揺は隠せなかった。私にも動揺はあった。

「それにしてもお腹すいたわ」ガソリンスタンドさえ見当たらない。

「プレスクアイルに向かおう」とウィリアムが言うので、どれだけの距離なのか聞いたら、十一マイルくらいとのことだったが、いま走っているのは一般道だ。そんなに我慢できないかもと言うと、「じゃあ、よく見張ってろよ。どこでも店があったら停まろう」

だいぶ走ってから、私は「さっきの町、どうしてそんなに見たくなっちゃったの？」と言った。

ウィリアムはすぐには返事をせず、ひげに歯を当てて前方を見ているだけだったが、そのうちに「ロイス・ブーバーに会ったら、言ってやれるんじゃないかと思って」と言った。「ミス・ポテトの花クイーンになった町を見てきましたって言えば、それだけ一生懸命にさがしたことがわかって、悪い気はしないだろう」

ああ、ウィリアム、と私は思った。

ああ、ウィリアム。

＊

それからウィリアムが言った。「あ、そうだ、たしかリチャード・バクスターが、メイン州の出だった」

出会った頃のウィリアムから、リチャード・バクスターという人の仕事について聞いたことがある。寄生虫学者で——熱帯病の研究をして、ウィリアムと同じ分野だが——シャーガス病の診断に役立つ発見をした。従来からの診断法では、診断ができた段階では手遅れになっていることが多かった。それをスピードアップする方法を見つけたのがリチャード・バクスターで——もし私の思い違いでなければ——血液の標本を調べれば原虫が見つかるとわかった。私がウィリアムと出会ったのはシカゴ郊外の大学で、彼もまたシャーガス病の研究をしていたのだが、バクスターが早期診断に関わる発見をしたのは、すでに十年ほど前のことだった。

ウィリアムは車を道路脇に寄せて、iPadを取り出した。しばらく画面上で調べていたが、「ようし」と言うなり、まず右へ折れて、その方向に走っていた。「知られざるヒーローなんだよ。その人のおかげで救われた命が多いんだ」

「ええ、言ってたわね」

「ニューハンプシャー大学で研究してたんだが、もとはメイン州の人だ。ひょっこり思い出した」

あたりの土地を見回したら、小高い丘に荷馬車が見えて、大きな帽子をかぶった人が乗っていた。「ほら、あれ見て」

「アーミッシュだな。ペンシルベニアから移ってきて農業してるんだ。そういうことも調べた」

農家の前を通過した。ポーチに二人の子供がいる。これまた大きな帽子の男の子と、裾長のドレスを着て、小さいボンネットを髪にかぶせた女の子。すごく元気に手を振ってきた。いやはや元気なものだ！

「もう、いやになるわね」私は手を振り返してやりながら言った。

「なんで？　あれもお役目ってもんだろ」

「それがおかしいって言ってるのよ。子供まで巻き込んでる」こんなことを言いながら、私も育ちが育ちなので、つい思い出しているのだと気づいた。デイヴィッドとは、出自の差はあるが、世間離れしたところは似ていた。

一つ最近のことを言えば——ニューヨークに戻ってからの話で——ハシディズムのユダヤ教を離れた人々に取材したドキュメンタリーというテレビ番組があって、これは死んだ夫にも関わる事柄なので見たのだが、もう途中で見ていられなくなった。どうしても自分のことを思い出してしまう。もちろん、その人たちが住んでいた世界とはまったく無縁なのだが、その世界を出てからどうなるかというと、これは人ごとではない。あたりまえの文化を何も知らないのだ。デイヴィッドがそうだった。私だって同じこと。私の場合、いまでも事情は変わらない。子供時代に奪われていたものが多すぎると、一生それを引きずったままになる。

「チャンスをもらえない子供。そんなことを思うと、たまんないのよ」いま通過した家にさっと手を向けて、私は言った。

ウィリアムは答えなかった。アーミッシュのことを考えているのではなさそうだ。ややあって彼は言った。「おかしなもんだよな。こんな土地から出て、熱帯病の専門家になったんだ」もっと言うのかと思ったら、そこまでだった。

それで私は、「自分の研究はどうなの」と言った。

彼がちらりと目を向けた。「どうにもならない。おれはもう終わりだ」

「そんなことないでしょ」

「終わりだよ」

今度は私が答えなかった。プレスクアイルに向かう道を、しばらく黙って進んだ。そのうちに頭がふわふわして、「ああ、なんか食べたい」と言った。あまり空腹だとこんな感じになる。

ウィリアムは、「その食いものが、どこにあるってんだろう」と言った。まあ、たしかに、それらしい店はない。樹木を見ながら走るだけで、ほとんど家屋というべきものがない。そんな道が何マイルも続いた。

私は窓の外に目をやった。舗装路は果てしなく、道端で草が干涸《ひから》びている。「そのリチャード・バクスターって人が羨《うらや》ましい？」どうして言ったのかわからない。

ウィリアムが視線を飛ばしてきて、車がわずかに揺らいだ。「おい、ルーシー、何てこと言うんだ。羨んでなんかいないさ」しかし、だいぶ間を置いてから、「そりゃまあ、ガーハート診断法なんてものは、ありゃしないけどな」

「だけど、あなただって、どれだけ人を助けたかわからない。ずいぶん長かったわよね、住血吸虫病の研究――それに教育の実績もあって――」

彼が手で制した。もうよせと言いたいらしい。だから黙った。何も言わなかった。

運転しているウィリアムが、いきなり笑ったような声を出した。私は顔を向けて、「なに？」と言った。

彼はまっすぐ道路を見ているだけだ。「いつだったか、うちでディナーパーティをしたことがあったろ。いや、そんな言い方でいいのかどうかあやしい。本物のパーティなんてやったこともなかったよな。ともかく何人か客を呼んで、そのあとのことだ。とっくに客が帰って――そう、かなりの時間がたっていたが、おれは寝てしまって、また降りていったら、ダイニングルームに――」ウィリアムはちらっと私に顔を向けて、「ルーシーがいてさ――」ここでまた、出し抜けに笑ったような声を出すと、前方に向き直った。「チューリップにかがみ込んでキスしてたじゃないか。テーブルに載ってたチューリップに、一輪ずつ、キスしてたんだ。あれはおかしかった」

私は窓の外に顔をそむけた。その顔が熱くなった。

「へんなやつだよ、ルーシー」ほんの少し間を置いて、彼が言った。まあ、それだけのこと。

＊

毎朝、デイヴィッドは朝食の皿を洗って片付けると、窓際の白いカウチに坐って、横の座面をぽんぽんと手でたたいた。それで私も坐って、彼の顔が笑っていた。そして彼は——いつも同じように——こんなことを言った。「ルーシー・B、ルーシー・B、どうして僕らは出会ったか。僕らが僕らで、ああ、ありがたい」

あの人は、千年に一度だって、私のことを笑おうとはしなかった。絶対ない。何にせよ、なかった。

＊

車で走っていて、なんだか腹の底から、ごりっと思い出してしまったことがある。ウィリアムと暮らしていた日々に、結婚とはおぞましいものだと思うことが何度かあった。いつもの存在が濃密になり、室内にふくれ上がる。よく知っている人だということが喉に詰まりそうで、鼻の奥にまでせり上がってくる——。その人の考えることがぷんぷん匂って、言うことにいちいち自意識がありそうで、ひくっと眉毛を持ち上げて、かすかに顎の角度を変えている。どういう意味なのか、その人にしかわからないのだろうが、そんなことのある暮らしでは、ちっとも気が休まらない。

親しいということが、ひどく恐ろしくなった。

＊

プレスクアイルに着いても、まだ昼間の明るさがあった。もともと日の長い八月で、いま五時にもなっていない。このあたりは、一応、町らしくなっているが、それにしても人が出ていなかった。メインストリートで、ぽつんとベンチに腰かけている男が、水のボトルにサッカリンを入れていて、それから折りたたみ式の携帯を取り出した。ああいう端末を見たのは何年ぶりだろう。私は「この町、なんで来たんだっけ」と言った。すると彼は、「ロイス・ブーバーの夫になったやつが、ここの出だった。ちゃんと聞いてないのか？」

ああ、ウィリアム、と思った。何なのよ、ウィリアム、と思った。

ずっと運転中の口数が少なかったので、機嫌が悪いのだろうとは思っていた。私が研究のことを言ったからだ。そのように解釈した。リチャード・バクスターが羨ましいのだろうと非難がましいことも言った。でも黙っていられるとさびしかった。

町の中心まで来たら、その昔の西部の町のようにも見えた。メインストリートに低層の建物が連なっていたせいかもしれない。この町の真ん中で、すでにウィリアムが予約をしていたホテルの駐車場に入った。ここでも――空港のホテルと同じように――ロビーが狭くて、エレベーターも狭苦しく、いつになったら三階まで上がるのかと思うくらい遅かった。「じゃ、すぐにまた」と言って、ウィリアムは立ち止まることもなく、スーツケースをごろごろ押していった。私の部屋とは廊下をはさんで一つ隣になっている。

「もう飢え死にしそう」

「ああ、何か食おう」彼は振り向きもせずに言った。

部屋に入ると、ごく標準的なホテルの一室だが、大きな青いランプがドレッサーの上に置かれていた。見たこともない大きさだ。夕日の方向には窓がないので、部屋が暗い。それでランプのスイッチを入れたのだが、なぜか点灯しなかった。念のため電源プラグを確かめると、しっかり差さっているのに灯らない。窓からはメインストリートが見えた。さっきの男がまだベンチにいるが、もう携帯はしまったようだ。ほかに人の姿はない。私はベッドに腰かけ、宙に見入った。

＊

キャサリンが死を迎えようとした年に、その最後の夏を、マサチューセッツ州ニュートンの家で彼女と過ごした。娘たちも一緒である。当時、九歳と八歳だった二人は、昼間のキャンプに参加させることにした。週末になるとウィリアムもやってきた。娘たちには、うまく友だちができたようだ。とくにクリッシーは上手だった。すでに言ったと思うが、この二人は――たまに大喧嘩することもあったが――くっついているのが普通だったので、クリッシーと仲良くなった子は、ベッカとも親しくなった。

ともかく、その夏、私にはキャサリンとの自由な時間があった。キャサリン・コール、とウィリアムは電話するたびに言っていた。「キャサリン・コールは、どんな具合だ?」そのキャサリンと私は、いい二人組になっていた。そんな気がした。おかしなもので私は死を恐れなくなっていた(そう思った)。彼女は髪が抜け落ちて痩せ細り、見舞いに来る人もいなくなれば、もう私と暮らすだけになる。ハウスキーパーを一人雇ってくれたので、娘らを寝かしつけるまでの手間が減った。私の記憶をたぐると――病気が発覚した当初、そうと言いにニューヨークへ出てきた彼女が身体を震わせていて、あんな彼女を見ているこ私だって平気ではいられなかったが、あれだけを例外として、彼女は過度にこわがった様子を見せず、たいていは——いつもと言ってよいだろう——私とおしゃべりしていたようなものだ。いま考えても、この人が死ぬのだと私に思えていたのかどうか。また彼女自身、そう思っていなかったかもしれない。週に一度は治療に行くことになっていて、だったらこうしようと二人で決めた。——毎回、治療後に影響が出るまで一時間はあるので、それまでにダイナーへ行ってマフィンを食べる。キャサリンはマフィンを食べ、コーヒーも飲んでいた。だが、その記憶として残るのは、ほとんど後ろめたいように——という言い方で正しいかどうか自信はないが——ささっとマフィンを口に入れていたことだ。それから私が運転して帰宅し、彼女は横になって、副作用の苦しさが始まったが、吐き戻すことはなかった。あの最初の日には、さすがに苦しんでいたというだけ。

ウィリアムがやってくる金曜の夜には、キャサリンは寝ていることが多かった。彼は立ったまま母親を見てから寝室を出た。私には、また娘たちにも、あまり口をきかなかった。私の記憶だと、この時期にはそうなっていた。

プレスクアイルに向かう車の中で、彼が黙っていたので、そんなことを思い出した。

キャサリンと私には、ある種のリズムができあがって、娘たちのいない日中は、よく二人で話をした。病状が進むにつれ、彼女がベッドにいる時間も増えた。ベッドと近い位置に大きな椅子があって、私が坐った。それが私には苦にならなかった。つらかったと思われたくはない。私はキャサリンという人が好きだった。娘たちがいる夜にも、この居場所に迷いがなかった。いよいよ時が迫ってきて、医療器具が持ち込まれると、キャサリンは

「あの子たちをこわがらせないようにね」と言った。「遊ばせちゃえばいいのよ」実際そんな感じになった。娘たちの目に映る祖母に、また私にも、たじろいだ様子がなかったせいだろう(と思う)。酸素吸入器が来て、看護師が出入りするようになった事態にも、子供なりに順応していた。

毎日、担当医からの電話があった。そういうところは律儀な、いい先生だった。「いい見込みではありませんね」と医師が言うので、「あ、はい」と応じた。よくないという見込みがどんなものか、私にはわからなかったが、その段階はもう長続きしなかった。娘たちには、おばあちゃんの病気が重くなったから、いまは会えないのだと言い聞かせ、これにも二人は順応した。その父親も帰ってきていて――というのは、つまり、最後の二週間はウィリアムも泊まり込むようになって――娘たちが落ち着ける一因にはなっていた。でも、最後の最後に、ひどいことがあった。

ある日――週末だったが――ウィリアムが娘二人を連れて、ボストンの美術館へ行った。キャサリンの心理状態は悪化の一途をたどり、見ているだけでつらかった。もはや話も通じない。一人の女が苦しんでいるだけ。すでにモルヒネの投与も始まっていたが――最後まで本人はいやがった――この日は混乱の収まりようがなくなっていた。私が見に行くと、彼女は寝具につかみかかって、ざらついた声で何やら言っていたのだが、それが何だったのか、(残念ながら)たいして意味をなしていなかったとしか覚えがない。ただ苦痛が増していることだけを強烈に認識させられた。

それで一つまずいことを言った。苦しむ彼女を見て、その腕に私の手を置くと、「ああ、キャサリン、もうすぐだからね」

すると怒りの形相になった女が、その顔を私に向けて、吐き捨てるように――そうしようと必死になって――「出て行きな！」と言った。ナイトガウンのスリットから、素肌をさらした一本の腕が上がって、「出て行きな。あんたなんかゴミだ」

しまった、と思った。もうすぐ死ぬと言ったも同然。その意識が彼女になかったとは（あの時点までは）思いもよらず、私自身にもなかった（ようなものだ）が、あの時点になって思い知った。彼女にそう言われて、私は外に出た。家の横側に地下室から管が上がってくる蛇口があって、いくらか砂利が敷かれていた。私は砂利の上にへたり込んで泣いた。たまらなく泣けた。ああまで泣いたのは――たぶん――後にも先にもないことだ。私もまだ若くて、それまでにもいろいろあったとは言いながら、ああいうのを見たのは初めてだったということだが――

いや、泣いてしまったと言っているだけ。

ウィリアムは娘たちと帰ってきて、私が外にいるのを見ると、まず二人を家の中に入れてハウスキーパーに預け、また出てきたのだが、そのときは私にやさしかったという記憶がある。たいして口はきかないが、すごくやさしかった。

彼は屋内に戻って、しばらく母親の部屋にいてから、「もう誰とも面会はない」と言いに来た。そのあと見ていると、机の前に坐って、何やら書こうとした。訃報の文面を用意していたのだ。そのことが忘れられない。まだ死んでもいない母親の訃報を、ウィリアムが書いていた。それが何となく――あれからずっと――すごいことだったように思っている。

すでに言った頼れる感じは、そういうものかもしれない。

どうなのだろう。

＊

ウィリアムの部屋をノックした。それでドアが開いたので、ずかずか入っていって、こんなことを――クリッシーが幼い頃に言って、よく夫婦で真似たりもしたことを――言ってみた。「こら、いいかげんにしないと怒るぞ」

だが彼は笑いもせず、「あ、そう？」と言っただけだ。

「そう」私はベッドまで行って腰かけた。「どうしちゃった？」

ウィリアムはフロアに目を落とし、ゆっくりと首を振った。それから目を上げて、「まあ、どうしちゃったか、と言うならば――」

「そう、どうしちゃった？」

彼はベッドの反対側に坐って、こっちに首を回した。「こういうことなんだよ、ルーシー。いまは仕事がうまくいってないって話をしたよな。あれはエステルに出て行かれたあとだった。うちに来てもらったときに言ったじゃないか。そしたら今度は車の中で、同じ話を出されて、また言った。でも聞いてなかったろ。まったく耳に入ってなかった。リチャード・バクスターが羨ましいかとまで言われたんじゃ――」彼は制するように手を上げて、「気が滅入るったらありゃしない。いや、白状すれば、ここんところ、そうなってばっかりだ」

しばらく黙って坐っていたが、そのうちにウィリアムが立って、いったん窓に近づいてから、腕組みをして戻ってきた。「たしか、ベッカの旦那が気がかりだって言ってたよな。自己中心、自分のことしか考えてないってんだろ。だけど、それを言うなら、ルーシーだって似たような癖はあるんじゃないのか」

これは身体の痛みとして感じた。小さな釘を胸に押し込まれたようだ。

さらに彼は、「そりゃまあ、バクスターが羨ましくないわけじゃない。おれなんか、たいした業績を挙げてないしな」と言って、また窓に顔を向けた。「さて、ここまで来たものの、ロイス・ブーバーって人に会ってどうなるのか、おっかなくてたまんない。で、ルーシーはと言うと、しょっちゅう腹を空かせてる。そうだろうさ、食うときに食わないんだから、空きっ腹にもなる。だから、とにかく何かしらルーシーに食わせなきゃって思ってたら、おれの仕事の話なんかされて、どうなってんのか聞かれた。で、すぐにまた話が変わって、アーミッシュがどうとか、どんなカルトだとか。あれがカルトかどうかなんて知ったこっちゃないよ」

ちょっとの間そのまま坐っていてから、私は立ち上がり、自室に戻った。

＊

私がウィリアムと別れてから、また彼がジョアンと再婚した前後に、クリッシーがひどく痩せた。もはや病気だ。あの娘は、私とウィリアムが出会ったのと同じ大学へ行っていた。それが病んで、体重が落ちた。ウィリアムから電話があって、「クリッシー、がりがりだよ」と言われた。私も知らなかったわけではなく、私からウィリアムに言ったりもしたのだが、ウィリアムの口から聞くと、ぐっと現実味が増した。彼は「ジョアンだってそう思ってる」とも言った。

あの娘が病んだ。

子供が病気になった。

あの時期のクリッシーは、ろくに口をきいてくれなかった。クリスマスの日に、三人そろって――ウィリアム、クリッシー、ベッカという三人で（ジョアンは来なくて）――私のアパートに顔を見せたが、ベッカは涙を浮かべて、「ママのこと、許せない」と言った。両腕をぴったり身体にそろえていたのは、さわらないでと言っていたのでもあろうか。クリッシーがバスルームへ行ったのを見計らって、そっと静かに「おねえちゃん、あんなだよ」と言った。「ママのせいで、死んじゃいそうだ」いったん顔をそむけてから、また私に向いて、「自分の娘を死なそうとしてる」

ウィリアムと二人で相談に行ったこともある。摂食障害に詳しいという女性だったが、その人と話していたら、とんでもなく落ち込んだ。クリッシーの年齢（二十歳）では、それだけ元に戻るのが難しいという。その言われたことを呑み込もうとしていたら、彼女は首を振りながら、「お気の毒ですね。きっと苦しいんでしょう。苦しいことがあるから、そういう症状も出るんで」

この相談室を出てから、ウィリアムといがみ合ってはいなかった。どちらも呆然として いた。どこへ行くというわけでもなく、あたりの街路をうろついた。あれからずっと、小憎らしいセラピストだったと思えてならない。

薄暗いホテルの部屋で、じっと石のように坐って、そんな昔のことを考えた。クリッシーがああまで体調を崩したということ。ようやくわかったとも言えるのだろうが——つまり、いまになってやっと、心の中で一切ごまかすことがなく——私が悪かったのだと思った。家庭を捨てて出たのは私なのだから。

どれだけ見えないつもりでも、どこかで見えてしまっている。

あの時期に娘の大学へ行って、学生部長と面談したことも思い出した。学内で相談に乗ってくれる人がいれば助かる、と考えた私が馬鹿だった。何ともはや、すげない態度をとられた。まったく取り付く島もない。もし健康上の理由で退学させるしかないとなったら、大学としてはどうしようもない——どうする気もない——と知らされただけだ。クリッシーは、私が訪れた短期間に、ほとんど口をきかなかった。私が学生部長と接触したことに憤慨していたのだ。歯を噛みしめたような顔で、ゆっくりと言った。「ママが出てきて学生部長に会ったなんて信じられない。そこまで娘の生活に踏み込むのが信じられない」

いま言いたいのは——正直に語るとしたら、やはり言っておかねばと思うのだが——あの時期の私は、毎日、住んでいた小さなアパートからすぐの教会へ行って、膝をついて祈っていた。というのはつまり、何かしらの存在を感じるまで膝をついていて、こんなことを思っていた――。ああ、神様、お願いですから、娘が無事でいられますように、どうか、お願いいたします、娘が無事でいられますように。

取引めいたことは言わなかった。お願いしただけ。心苦しい神頼みだ（ひどい境遇の人がいくらでもいることは承知しているので、私まで言い立てるのも気が引けるのだが、それでも私にはこれが一番大事なので――どうか娘が無事でいられますように）。

私が子供の頃には、一家で町の会衆派教会に行くことがあった。感謝祭になると無料の食事をねらって出て行った。父はカトリックを嫌った。膝をつくのが業腹で、そんなことにこだわるやつがおかしいと言っていた。

時間はかかったが、クリッシーは回復に向かった。セラピストの指導がよかったらしい。私がウィリアムと相談に行ったひどいセラピストとは別人である。

ずっと何年もあとで、ある友人に話したことがある。聖公会の司祭だった人だ。すると、その人に「なぜ、お祈りが無駄だったと思うんです？」と言われた。

びっくりした。ちっとも考えていなかった。

ともかく、あのホテルの部屋で、あの椅子に坐って、そういうことを考えていたら、ウィリアムの言い分はもっともだと思えた。なるほど自己中心。そう言えばベッカとのこともあった。市内でランチをとっていて、ベッカは――大学の休暇中だった――私に何かしら言おうとしていた（それが何だったか、いまだに思い出せない）のだが、その途中で、私が自分のことを持ち出した。担当の編集者とちょっと揉《も》めていたのだったが、それでベッカが憤然とした。「ママ、あたしが話そうとしてるのに、編集者がどうとか、そんなことばっかり！」と言ってベッカは泣いた。

おかしなもので、あの出来事のおかげで、わかってきたこともある。そしてまた、夕闇の深まるメイン州のホテルの部屋で、じっと椅子に坐っていて、もう一度わかった。自分の姿を垣間見る思いだった。こういう人間なのだ。それを忘れなくなった。

ウィリアムにしてしまったのはそんなことだ。彼はリチャード・バクスターや自分の仕事の話をしていた。そこへ私がずかずか踏み込んだ。まったくその通り。

かなり長いこと、あの部屋で坐ったままだった。すると本物の痛みが出て――現実に胸の中が痛くなって――いつまでも小さく波を打っていた。すっかり室内が暗くなったので、天井灯をつけ、チーズバーガーを部屋に届けてもらった。

＊

それからの経過は、かつての夫婦喧嘩に似ていた。まず先にさびしくなったほうが折れる。それでウィリアムが私の部屋をノックしたので、私もどうぞと言った。彼はシャワーを浴びたようで、まだ髪が濡れていた。ネイビーブルーのTシャツに、ジーンズ、という格好をしていて、ちょっと腹が出てきたのかと、このとき私は思った。冷めきったチーズバーガーを見て、彼は「ああ、ルーシー」と言った。

私は黙っていた。

さっきは彼に分があったと思って、何も言えなかったのだ。あんなに決まりが悪かったことはない。

「もういいよ、ルーシー」彼は言った。「下へ行って、ちゃんと食おう」

私は首を振った。

それでウィリアムも電話をとって、ルームサービスにかけた。「チーズバーガー二つ、三〇二号室」これは彼の部屋だ。「シーザーサラダも二つ。それから白ワインをグラスで。何でもいいよ、かまわない」彼は電話を置いて、「おれの部屋、来いよ。ここは辛気くさくて死にそうだ」

というわけで廊下に出て、彼の部屋へ行ったのだが、たしかに明るい感じがした。ランプにも電気が来ている。大きな窓から大きな空が見えて、日没が近かった。

「あのな」ウィリアムが私とならんでベッドに腰かけた。「ルーシーはひねくれてない。それだけは言っとくよ」

「何なの、それ」私はやっと口をきいた。

「いや、言ってるまんまさ。おれのほうはディナーパーティがどうとか、つまんないこと言ったもんだ。あれは立派なパーティだった。ルーシーはちゃんと仕切ってた。おれはくだらんこと言った。ルーシーが自己中心なんてのもそう。そうでもないよな、ほかの人間と変わらない」

これを聞いて、思わず私も言った。「そうでもあるのよ。あなたと別れることにして、クリッシーが病気になって――」

ウィリアムは、もういいよという顔になって、私を手で制した。それから、いつもの癖で、ひげを撫でつけると、立ち上がってゆっくりと言った。「別れることに？」と私に顔を向け、語気を強めた。「ことにした？ そうやって自分で何かを決めるなんて、どれだけ人間にできるんだ。あのとき、ほんとに家庭を捨てることにしたのか？ おれが見たルーシーは、ただ出てった、出ずにいられなかった、だよな。おれだって、ああいう浮気をすることにしたのかどうか。もちろん、説明責任はある――念のため言っとけば、あれからセラピストに行ったんだ。ジョアンと二人で行ったあと、おれ一人で行くようになってたんだが、その先生に説明責任なんてことを言われて――いや、ずいぶん考えたよ、ルーシー、さんざん考えたんだが――どうなんだろな――人間てのは、何かをしようと実際に決めてるんだろうか。どうだろ」

そう言われて考えた。

彼は話を続けた。「そりゃ、たまには――せいぜい、たまには――どうするか決めることもあるだろう。ただ普通にはそうじゃなくて、ある何かしらを――何だかわからないとしても、たどっているだけだ。ルーシーだって、出て行こうとして出たんじゃないと思う」

ちょっと間を置いて、私は言った。「それってつまり、人間には自由意志がないってこと？」

ウィリアムは、一瞬、頭を抱えるような手つきをした。「いや、そんなつまらん話じゃなくて」と言いながら、うろうろ歩いていたが、今度は白髪頭に片手をぐらせると、

「だから、何というか、自由意志なんて言いだしたら、どかんと鉄の枠でもかぶせられる感じがする。いま言っているのは、どうするか決めるってことなんで。たとえば、おれの知ってるやつがオバマ政権で意思決定に関わってたんだが、そいつの話だと、純然たる選択として決まるなんてことは、めったにないんだそうだ。これはおもしろいと思って覚えてる。実際そうなんだろうからね。人間は何にせよするだけ——ただするんだよ、ルーシー」

私は何とも言わなかった。

ウィリアムと別れた年のことを思い出していた。出て行く日までは、毎晩のように、彼が寝てから、私は一人で小さな裏庭に立って考えた。どうしよう。去るか、とどまるか。あれは決めようとしているつもりだった。でも、いまにして思えば、あの年の私は、出かかった自分を戻そうとしてはいなかった。もう距離を置いていた。決めようとしていながら、そうだった。

いつぞや、ある友人が、「どうしようか迷う場合は、どうなってるか見きわめる」と言っていた。あの年の私は、いまだ去っていなくても、去ろうとしていた。

ここで私は顔を上げた。「ひねくれようと決めてるわけじゃないでしょ」

「まあ、な」

「そうよね。——でも、わたしは、頭の中がひねくれてる。どれだけひどいこと考えてるか、ほかの人にはわかんないと思う」

ウィリアムはさっと手を上げて言った。「ルーシー、誰だってそうさ。頭の中はひどい」

「そうかな」

彼は半分笑ったが、愉快げな笑いでもあった。「そうだよ。頭の中なんてひどいもんだ。人知れず何を考えているのか。ひどいもんじゃないのかな。そんなの、ルーシーのほうが、よっぽど心得てると思った。作家なんだからさ」

「うーん。ま、ともかく、あなたって変に意地を張ったりはしないわね。いつも謝ろうとする」

「いつもってことはない」

まあ、そう言えばそうだ。


食べるものが運ばれてきて、ワインを頼んだのは（やはり）私のためなのだとわかって、うれしくなった。机の前で、それぞれの椅子に坐り、いつまでも話をして止まらなくなった。まずプレスクアイルに来たということについて、ウィリアムが言った。「おれの心づもりとしては、そのへんの住宅地を歩いて、かわいらしい家を見物しながら、ロイス・ブーバーと結婚したやつは、こういうところの出なのかと見ておきたかったんだが、しかしまあ、何のことはない、どこが住宅地だよ、たまんないな」

それからブリジットの話もした。エステルが出て行ってからも、あの子は何度か訪ねてきたが、いつも悲しげな顔をして、すまながっているようでもあった。おしゃべりは影をひそめて、ブリジットらしくないのが悲しいとウィリアムは言い、そうと聞けば私も悲しかった。私が産んだ娘たちの話もして、あの二人は大丈夫だろうと言い合った。もう充分に大人なのだ。とはいえ親としては、いつまでも気になる。それからウィリアムの研究の話になった。「何にでもライフサイクルってものがある。仕事の場合でもそうだな」と彼は言った。もう自分は終わったと本気で思っているようだ。「ただ研究室へは行くよ。死ぬまで行っていたい」とも言い、その気持ちは私にもわかった。

ウィリアムが立ち上がって、「ニュースでも見るか」と言った。それでテレビをつけたので、二人でベッドに寝転がった。ローカルニュースで、ある警察官の息子が薬物の過剰摂取で死んだという。ジャックマンという町の交通事故では、トラックが横転したが、運転手は死ななかった。それから全国のニュースに変わって、この国の、全世界の、でたらめぶりが流れたのだが、かえってのんびり見ていられた。するとウィリアムがバスルームに立っていって、戻ってからベッドに腰かけると、「なあ、もうロイス・ブーバーなんて、どうでもいいよな」と言った。「おれも年だ。彼女はもっと年だ。こんなことして何になるのか」

私は身体を起こして、「あした考えましょうよ」と言った。「どうせバンゴー空港へ戻るのにホールトンを抜ければいいんだから、そのとき次第ってことでね。言わんとすることはわかるけど」

彼は室内をぐるっと見て、窓に目を向けた。もう暗くなっている。「いやなところだ。リチャード・バクスターがここから出たってのが不可解だな」

「でもねえ、あなたの母親が出たのでもある」と私が言うと、彼は「ああ、そうだった、ルーシー」と言った。髪に手をくぐらせ、「そうなんだ、おれが小さい頃、お袋はよく気鬱になってたっけ」

「どういうこと？　たしかにブルーな気分なんて話はしてたけど、そんなことを明るく言ってのける人だった」私は手を伸ばして、リモコンでテレビを切った。「でも、一度だけ、聞いた覚えはある。気鬱になるんだとか」

「親父が死んでから、おれ、お袋が嫌いになった」

これは私も知っている話だったのかどうか考えた。「ええっと、思春期の頃よね」

ウィリアムはひげをつまんで引いた。「どうなのかな。とにかく我慢できなくてさ。よく喧嘩して、お袋がぎゃあぎゃあ泣いた」

「喧嘩っていうと、なんで」

「わからない」ウィリアムは肩を揺らしてみせた。「よくある親子喧嘩じゃなかったな。息子が毎晩飲みに行くとか、薬をやってるとか、そんなのではない。よくわかんないんだが、うるさく言われてさ。やたらにうるさかった」

「夫に死なれて動揺があったとか」

「もちろん動揺はあった。それはわかる。ただ、やけにかまって欲しがった」

私もベッドから足を投げ出すように坐り直して、彼に顔を向けた。「それでシカゴに着任したんだっけ。母親から離れたって言ってたわね」

ウィリアムは椅子に戻って、宙を見据えると、「おれが小さかった頃、お袋はどこでどうしてたんだろう」

「え、どういうこと？」

「あの頃、よくお袋は気鬱になった。そう、本人の言い方だとブルーな気分だった。きのうの晩、バンゴーのホテルの部屋で考えたんだが、おれは普通の子よりも一年早く保育園に入れられた。あれは何のつもりだったんだろう」

「それって、あなたが襟《えり》を噛んでたという時期？」これはキャサリンに聞いた覚えがある。保育園から帰ってくるウィリアムの襟に、噛んだような痕跡があったらしい。

ウィリアムが私にちらっと目を向けた。「泣いたんだ」

私はその次を聞こうとした。

「保育園では毎日泣いてた。ほかの子はみんな一歳上なんだ。でかい感じがした」彼はちょっと間を置いて、また続けた。「そう、泣いてたんだよ。休み時間には、ほかの連中が寄り集まって、泣き虫、泣き虫なんて、はやし立てた」

「初めて聞いたわ」まったく思いがけないことだった。しげしげと彼を見てしまった。白髪頭の毛が立っている。どういうわけか、すごく近しい人に見えた。どういうわけかと言うのもおかしいが、そんな感じだった。「初めて聞いた」私はまた同じことを言った。

「どうだったか、自分でも忘れそうで、忘れてなかった。こんなこと誰にも言ってない。昨日の夜、ひょっこり思い出した。それで小さかったベッカを抱っこしてる感覚も出たんだろう」ウィリアムは両膝に肘《ひじ》を置いて前のめりになった。「いや、それでもって、保育園にいた女の先生が、やさしかったんだ。よく抱っこして歩いてくれた。そんなことが記憶にある」

私が口を開こうとすると、ウィリアムは手を上げて制した。「ある日、親父とお袋が呼び出された。あの小さな保育園に親が来て、おれは別の部屋で遊ばされた。その一日が終わろうとする時間だ。やっと連れ出されて帰ったんだが、その車の中で、お袋は一言も発せず、親父はひどく深刻な言い方をした。〝ウィリアム、あの先生に抱っこされてばっかりってのはだめだぞ。ほかの子もたくさんいて、みんなの担任なんだからな〟と、まあ、そんなことを言われて、なんだかもう恥ずかしくてたまらなかったのを覚えてる」ウィリアムは私に目を合わせた。「それっきり抱っこしてもらえなくなった」

私はただただ驚いた。そんな話はこれっぽっちも聞いたことがなかった。

ウィリアムは立ち上がった。「それにしても、どうしておれは早めに入園させられたんだろう。お袋が働いてたわけじゃない。うちに一緒にいたってよさそうなものだ」

「どうかしらね」私は言った。

しばらくキャサリンの話を続けた。本人なら「ブルー」と言いそうな気分についても話した。それが子供時代のウィリアムに重大なことだったとは、このときまで私はちゃんとわかっていなかった。「まあ、あれは」と、ウィリアムは結論のように言った。「子供を置き去りにしたブルーだったんだろう。まだ小さい女の子を残して家を出た」

彼が私を見る顔に、つらい表情が浮いていた。

ああ、ウィリアム、と思った。

ああ、ウィリアム!

＊

この夜、彼は私をぎゅっと抱き寄せてから、「じゃあ、ボタン、またあした」と言った。

眠れない夜になった。ずっと前から寝つけないと手を出す錠剤も、この夜は効いてくれなかった。私が自己中心だというウィリアムの観察のことばかり考えた。だったらどうすると思って、つくづく悩ましかった。結局、私は批判された人間にありがちなことをした。適当に思いつく何人かについて、どのように自分勝手であるかと考えた。誰それは勝手なことを隠したがるくらいに勝手なので、どうしても心が狭くなっている。また別の誰それも勝手だが、そういう自覚が全然ない……。などと考えているうちに、ルーシー、いいかげんにしなさいよと思った。

それでも、心があちこちに飛んだ。

こんなことも思い出した――

フロリダへ行っていた日のこと。娘たちは九歳、八歳というくらい。キャサリンが夏に死んで、そのあとの冬に何日かフロリダへ行った。彼女のいない旅である。泊まっていた部屋とは別棟に、ランドリーの設備があった。いくらか洗濯物を突っ込んでから、ちょっとした芝生を歩いて戻るところで、着ていたワンピースはライトブルーのデニム地だったと思う。すると心の中に小鳥が飛んだような気がした。小鳥と思ったのは、ある一つの考えだ。それが心をかすめた。私は自殺することになるかもしれない……。そんなことを考えたのは、あのときだけだったように思う。小鳥のように、ちらっと心をかすめて飛んだ。そんなものが来るとは思わなかった。あれからずっと考えて、すでに当時はウィリアムがジョアンと深い仲になっていたに違いなく、そうと私は知らないまでも、どことなく感じていたのだろう。そのように思っている。

私が自殺することはないだろう。これでも母親だ。いくら見えない人間の自意識があっても、母親にはなっている。

私の娘時代には、母がもう死んでやると言って息巻いたものだ。「ずっと車で走ってって、よさそうな木で首を吊るんだ」あの母ならやりかねないと思って、私はこわくなった。「あんたが学校から帰ったら、あたし、いなくなってるよ」と言うので、びくびくしながら帰っていけば、いつでも母は家にいた。そのうちに私は放課後に居残るようになった。毎日、なるべく帰らないようにした。学校にいれば暖かかったのだ。家に帰ると寒かった。あれからずっと寒いのは嫌いだ。また学校にいれば気が休まると思うようにもなった。宿題を済ませてしまうこともできた。母については、やれるもんならやってみなと思った覚えもある。死にたいなら死んでごらんよ――。ところが、それもまた困ったことになるという心配はあった。ただでさえ風変わりな家なのだ。あの小さい町で、どう思われるかわからない。

こんなことを考えて時間ばかりが過ぎていったあと、もう一錠を追加して、やっと眠れた。

＊

翌朝、ウィリアムはよく寝られたと言いながら、やつれた顔をしていた。ジーンズをはいて、また同じネイビーブルーのTシャツという姿である。老けたものだと思った。朝食のつもりで小さなレストランに降りていくと、ほかに客はいなかった。なかなかウエイトレスが来ない。髪を黒く染めた中年の女のようだが、いつまでもナイフやフォークをトレイに移そうとして、その次はコーヒーポットまわりの片付けにかまけていた。ウィリアムは私の顔を見て、何だありゃ、と口の動きで言った。私はちょっと肩を揺すっただけ。

このウエイトレスが、ようやくメモ用紙とペンを取り出し、注文を聞きに来て、「何にします？」と言うので、私がチェリオスとバナナ一本と言ったら、「冷たいシリアル、ないんですよ」との返事だった。

じゃあ、スクランブルドエッグ、と私は言って、ウィリアムはオートミールということで、そのまま坐っていた。しょうがない、こんなもんだ、という気分だったろう。無愛想な、店らしくない店だった。しばらく待たされて、頼んだものが来た。それから私は言った。「ねえ、ビリー、ひょっとしてエステルのときにも不倫した？　だから、その、エステルと結婚してたときにも、あったの？」こんなことを口にするつもりはなくて、そういう疑問を思いついたことさえ意外だった。

彼は、トーストにかじりついた口を止めて、とりあえず喉に落としてから言った。「不倫？　ないよ。ちょいちょいと、それらしきものはあったが、そんなものはない」

「ちょいちょいと？」

「パム・カールソンとね。いや、古くから知っていて、ずっと前におかしなこともあった仲なんで――まあ、どうってことではなかったんだから、どうでもない」

「それって、あのパーティに来てた人じゃないの？」

彼は口をもぐもぐ動かしながら、こっちを見た。「ああ、その、だからといって何事でもない。昔の知り合いだな。あの当時、まだボブ・バージェスの奥さんだった」

「そんな人に、ちょっかい出してた？」

「いや、それほどでも」

あの当時などと言いながら、私と夫婦だった当時だと気づかなかったらしい。そうと思い出す表情が顔に出てきた。そのように見えた。「あー、ルーシー、どう言ったらいいか」

「ジョアンと夫婦だった当時も、まだちょいちょいがあったの？」

「この話よそう。ま、たしかにジョアンのときも——。しかし、ルーシーの頃だと、女が何人かいるとは言ったはずだが、どの一人に惚れたのではないということも言って——」

「もうわかった。どうでもいいわ」いまさら私の知ったことではない。とは言いながら、小さな波乱が体内にぴちゃぴちゃ生じていると思わなくもなかった。だが、もしジョアンとの、またエステルとの結婚中にも浮気癖があったのなら、彼がそうなっていた原因は私ではないという証拠になるのではないか。あれは私のせいではなかった？　何とまあ、びっくりだ。昨夜の彼が言っていた人間の選択がどうこうという話を思った。彼もまた、自分のそういう部分について、意志だけで決められたわけではないのかもしれない。もちろん、わからない。

わからないけれど。

「じゃ、行こうか」ウィリアムは、オートミールを食べてしまうと、ひげを拭いて言った。

コーヒーもぐいっと一飲みして終わる。しかし、ウエイトレスが伝票を持ってくるまでに、また時間があった。これでもチップを弾むのだろうかと見ていたら、しょうがないという顔のウィリアムが現金を取り出し、そのようにしていた。

＊

ホールトン方面に戻っていくと、道路沿いにワイルドキャロットが群生して、だいぶ干涸びていた。陽光がたっぷりと降りそそぐ。石ころの多い土地に、倒壊した納屋があった。白い牛の姿がちらほら見える。ウィリアムが収穫前のジャガイモ畑に話題を向けた。ああやって地上に出ている緑色の部分には、あえて薬剤を散布する。茎葉が枯れると、それだけ養分が地下のイモに集まっていく。よく知ってるわねと言ったら、とくに彼は答えなかった。ジャガイモ畑と道路をはさんだ反対側には、もう収穫を終えた大麦畑が茶色っぽく広がっていた。

ジャガイモ畑でも、すでに収穫が終わっていれば、すっかり掘り返された土壌が茶色の一色になっている。ジャガイモの納屋は、傾斜地を利用して建てることが多いようだ。ホールトンの町はずれまで来ると、スコティッシュ・インというモーテルがあった。すでに閉鎖されて、宿泊棟の隙間に雑草が伸び上がっている。

「ねえ、あのお母さんも、寝られなくて困ってたのよね」ふと思い出したのは、昨夜の私自身を考えていたからだ。

「そうだっけ?」彼が私に顔を向けた。いまはサングラスをかけている。私も同じ。

「そうよ。覚えてない？」

「あんまり」

「しょっちゅうカウチで居眠りしてたのは、そのせいだわ。きのう寝つけなかったんで、とか何とか言ってた」

「まあ、そんな気もする。グランドケイマン島への旅でも、夜中に起きたような物音がしてた。何やってんだろうと思ってたが」

窓の外を見ると、広がった土地の一辺をなすように樹木が続いていた。「ちょっと思い出して言っただけ。あ、そうだ」今度は私が彼に顔を向け、「看病に付き添ってると、よく寝られないことを冗談のタネにしてた。そろそろ睡眠薬のお世話になろうかしらなんて言うんで、わたしが薬局へ行ったら――あ、違ったかな、薬局の人じゃなくて、お医者さんに言われたんだ。主治医の先生が言ってた。睡眠薬なら、ずっと昔から服用されてますよ、だってさ」

「医師と患者の関係としては立派なもんだね」ウィリアムが皮肉めかした。「秘密の保持なし？」

「そんなものなし。わたし、医者に好かれてたから」これは本当の話だ。

しばらく黙って走ってから、また私が言った。「ただ、おもしろいとは思うのよね。眠れなかったたっていうのは」

「ルーシー、眠れないなんて、自分のことだろうが」とウィリアムが言うので、「わかってるわよ、そんなの。わたしは原因がはっきりしてるの。生まれも育ちもあんなだったから――。いま言ってるのは、彼女の場合は、捨てたものがあったから、眠れなくなったたんじゃないかってこと」

「なるほど」ウィリアムが目を向けてきたが、サングラスをしているので、その表情まではわからなかった。

またしばらく走ってから、ウィリアムが言った。「ここまで来て、どうという知恵も出ないな」

「いいから行きましょ。ロイス・ブーバーの家の前を通ったら、そのへんで停めて考えればいい」

＊

ホールトンの町に入った。太陽が明るくて、町がきらめいている。レンガ建ての裁判所があり、図書館があって、全体に古い時代を思わせるような落ち着きが出ていた。ずっと昔から、のんびりした町だったのではないかとも見える。川の水もきらめいていた。するともうプレザント通りに来ていた。

この通りを進むと、前日に見た家の前庭に、年配の女が出ていた。植え込みの上にかがんでいて、帽子をかぶり、髪の毛が短くはない——つまり薄めの茶系で、よさそうな髪が、肩まで届くかどうかの長さだった。さすがに若いとは言えないが、かがんだ姿勢に若やいだ印象がある。茶色のズボンは足首に届かない丈で、シャツは青い。細身の体型だが、痩せ細っているのではない。しなやかな身のこなしが感じられた。

「ウィリアム」私はほとんど叫びだしていた。「あの人よね」

彼がわずかに速度を落としたが、女は目を上げない。そのまま進んで、次の区画まで行ってから停車した。彼はサングラスをはずして、その顔を私に向けた。「おい、まさか」

「あの人よね！」私はいま通過した家の方向を指さして言った。

ウィリアムはちらっと見返って、また前方に目を戻した。「まだわからない。ロイス・ブーバーなんて人は、家の中で車椅子に坐りきりで、息子にいじめられてるのかもしれない」

「それはあるかも」と言ってから、さらに私は、「じゃあ、ちょっと行って話してくる」

ウィリアムは横目を走らせてきて、「何の話をしようってんだ？」

「わからない。とにかく待ってて。行ってくるから」私は長いショルダーストラップのついたバッグを持って、車外へ出ようとした。「あなたも来る？」

「いや、まかせる。おれは、どうしようもない」

そんなのは私だって同じだ。

＊

道沿いに歩いていくと、家の横手の庭に、洗濯の物干し場ができていた。太い木の柱を四本立てて、細めのロープを張り渡している。正面側にはハンモックがあった。まだ新しいようで、しっかりした二本の木の間に吊られていた。すでに言ったことだが、この付近では、どの家よりも上等だ。ダークブルーに塗ったばかりで、窓枠などに赤を入れている。

女はかがみ込んだ姿勢のままで、見ているのはバラの茂みだった。黄色い平咲きらしい花がついている。女は何やら熱心な様子で――と思ったら、小型のスプレーを手に持っていた。だんだん距離が縮んで、私は足の運びを遅くした。どうすればよいのか、まだ思いついていないのだ。

すると女が目を上げて、ちょっと笑ったような顔を見せ、またバラに集中した。「あの、すみません」私は歩道に足を止めた。バラの茂みから遠くない。女がまた目を上げて、小ぶりな眼鏡をかけている目が、はっきりと見えた。大きくはないが、見通すような目だ。

「はい」女が背を伸ばした。

「きれいなバラですね」私はもう立ち止まっている。

「ずっと前に、祖母が植えたんですよ。わたしも枯らしたくないと思いましてね。アブラムシがくっついて大変なんですけど」

「ああ、あれは困りますよね」

女は作業に戻って、スプレーをぷしゅっと一吹きした。

それで私は、「おばあさまが植えられた？　すてきですね、そんなに続いてるなんて」

女はまっすぐに立ち直して、私を見てきた。「ええ」という返事があった。

私はサングラスを頭にずり上げて、「ルーシーと言います。どうも、初めまして」

女は立ったまま動かず、握手しようという気配ではなかったが、よそよそしいというわけでもなさそうだ。握手はしない、というだけのこと。今度は空に目を上げて、庭を見またし、また私を見た。「お名前、何でしたっけ？」とくに愛想がよくも悪くもない。

「ルーシーです。――あなたは？」

彼女は眼鏡をはずした。どうやらアブラムシを見るのに手元用の眼鏡をかけていたらしい。素顔になると、なぜか若くなったとも老けたとも見えた。いかにも裸眼という印象になる。まつげの本数が少ないのだろう。「ロイスです」と彼女は言った。「どちらから？」

ニューヨーク、と口に出かかったのを止めた。「イリノイ州の、小さい町です」

「それがまた、どうしてメイン州ホールトンに？」ロイスという人が言った。髪の生え際に、うっすらと汗ばんだ線ができて、それが帽子のすぐ下に見えている。

「わたしたち——あの、夫と二人で来てるんですが——夫の父親は戦争で捕虜になったドイツ人だったんで、そういうことが何かわかるかもしれないと思って来てみたんです」私は小型のバッグを反対の肩に掛け替えた。

「義理のお父さんですね。捕虜になって、このあたりに来ていた？」ロイスがじっと見てきて、私はうなずいた。「こっちで結婚した？」とロイスが言うので、私は「そうなんです。それからマサチューセッツへ行って暮らしたんだとか。その後、夫が十四歳だった年に、亡くなってます」

ロイス・ブーバーは、日射しを浴びて立っていたが、まもなく「お入りになりませんか？」と言って、横側の通用口へ歩きだしたので、私もついていった。ふと足を止めた彼女が、「いま、ご主人は、どこに？」

「すみません、正確には最初の夫です。そう言えばよかったですね。といって仲が悪いわけでもないんで。あっちで車の中に坐ってます」

彼女は立ち止まって私を見ていた。あまり背は高くない。私と同じくらいだ。

「あの人なりに考えて――」

するとと彼女はまた向きを変えて、「ま、どうぞ」と言った。

入ってすぐの部屋は薄暗く、ジャケットやコートを掛けられるようになっていた。これを通り抜け、キッチンまで行くと、彼女は帽子を取ってカウンターに置いた。「お水、いかがです?」と言うので、それはどうも、いただきます、と答えた。

彼女は二つのグラスに流しの水を入れた。私は首を回さず、目だけで室内を見ながら、知らない家はいやなものだと思い返していた。この家がいやだったのではない。どこがどう悪いわけではなく、キッチンにごちゃごちゃした感じはあるが、長いこと住んでいればこうなるというだけのこと。ずっと外光の中にいたから暗くも見える。つまり私が家見知りで、よその家にいたくないだけなのだ。どこへ行っても、ほんのりと知らない匂いがある。この家でもそうだった。

ロイスが水のグラスを持たせてよこした。その手に指輪が一つだけ――飾らない金の結婚指輪だった。それから居間へ移動して、いくらか私も落ち着いた。ごちゃごちゃしているには違いないが、窓越しの光が入って、しっかりと本の置かれた棚がならぶ。テーブルごとに写真があって、さまざまなフレームに収まっている。ちらちら目を走らせたかぎりでは、赤ん坊、幼児、その親、という写真が多かった。ダークブルーのカウチは、真ん中がへこんでいるようだ。アームチェアにはロイスが坐って、その前にあるオットマンに足を載せている。私はへこんだカウチに坐らせてもらった。彼女の足を見れば、ゴム製のサンダルを履いていた。

「最初の夫、でしたっけ」彼女は水を一口飲んだ。

「ええ。二番目の夫には、去年、死なれまして」

彼女は、おや、という顔になって、「それはお気の毒な」

「ええ、どうも」

ロイスは手近な小卓にグラスを置いた。「あとを引きますからね。わたしは五年前に夫を亡くしました」と言うので、私もお悔やみを言った。

ここで話が途切れて、私は彼女の視線にとまどい、頬が熱くなった。ようやく彼女が口を開いて、「さて、どういたしましょうか」

「いえ、どうということも」私は言った。「さきほど申しましたように、夫の——前の夫のことで、何か調べられないかと思って、まあ、ルーツをさぐる、なんて言うんでしょうか」

ロイスが小さな笑いを見せたが、好意からなのかどうかわからなかった。「つまり縁者をさがそうとして？」

私は恐れ入ったような溜息まじりに、「はい」と言った。

「その方は、わたしをさがしに来られた」

「そうです」

「で、まだ車の中に」

「はい」

「こわがったのでしょうね」

なんだかウィリアムの弁護にまわるような気分だが、自分でも少々こわがっていた。

「あまり確信がなかったようで――」

「あのね、ルーシー」ロイス・ブーバーは水のグラスを手にすると、また少し飲んで、そうっと卓上に戻した。「なぜ来られたのか、わかってますよ。きのうも町に来て、お二人で図書館へ行かれたことも知ってました。小さな町ですからね、そういうご出身なら、もうおわかりでしょう。すぐ噂になります」

いいえ、と言いたくなった。そういうご出身と言われても、ほとんど自分の町を知らずに、だだっ広い土地の真ん中で育ったのだ。町の人と仲良くなれた覚えもない。でも、そう思っただけで、どうとも言わずにおいた。

それからロイス・ブーバーの話が始まった――

「いい暮らしでしたよ」彼女はまず人差し指を上げて、ぴしっと言い切るように私に向けた。「ほんとに、いい暮らしをしてきました。そのように前のご主人に伝えてください」

彼女はいったん言葉を止めて、室内を見渡し、また私に目を合わせた。その顔にやや警戒心が出ていて――ほんの少しだが――うんざりした気配もあった。その彼女が背にする花柄の壁紙に、つつっと水の垂れたような染みがあった。

「はっきり申しましょう」ロイスは天井を見やって、まもなく語りだした。「わたしが八歳だった年に、両親が――二人そろって、ですよ――わたしを坐らせて、話があると言ったんです。わたしの母というのは――いえ、わたしには生みの母が別にいるのだと、その日に言われたんですが、そっちが母親ではないことも断言されました。わたしの母とは、一歳だった赤ん坊の母になってくれた人なんです。この家は、わたしの母が育った家」ロイスは、居間に向けて、くるっと小さく手を動かした。「すばらしい人でしたよ。ちゃんとしたことを、わたしに言えるほどだったんですね。父もそう。ぎゅっと抱いてくれましたっけ。親子でカウチに坐って、父がしっかり腕を回してきて、そんな話をしたんです。いまから考えると、そろそろ知らせてもいい年齢だと思ったんでしょう。また町の中には事情を知る人もいたんで、ほかで耳にするくらいなら、まず親の口から聞かせようということですね。わたしは頭がこんがらかりましたよ。子供ですからね。でも、だからどうだとは思わなかった。

だって、どうってこともなかったんです。二親がそろって、すごく可愛がってくれている。弟が三人いて、同じように可愛がられている。あれ以上の父と母はいなかったと思います。ほんとですよ」

彼女を見ていると、いま言っていることは本当だと思えた。何かしら身についたものがあって、その様子からすると、この人は深いところで——根本から、と言ってよいのかもしれない——うまく安定していられた。親に愛されたからだ、と私には思える。

ロイスは、また一口、水を飲んだ。

「それから時間がたって、わたしも少しずつ大きくなり、もっと知りたがって教えられたこともありました。その女の人は、もともとキャサリン・コールという名前で、ドイツから連れてこられた捕虜と駆け落ちしたというのです。ある日、農場を出て行って、十一月だったそうですが、ふらっと出て、列車に乗って、それきり帰らなかったとか。わたしは一歳にもなってませんでした。そういうドイツ人がいたことは父も知ってましたが、もう終わった話だと思っていたようです。キャサリンは若くして父と結婚しまして、まだ十八で、十歳上の父と夫婦になったのですが、父に言わせれば——まあ、父の口ぶりからすれば、実家を出たいがために、父と結婚したらしいのです」ロイスはちょっと間を置いてから、「わたしの母は、マリリン・スミスという名前で——」と、小卓を指先でたたいて、「この家で育った人です。誰が見ても父とはお似合いで、ずっと付き合ってたんですが、ちょっとだけ喧嘩したことがあって、その隙にしゃしゃり出たのがキャサリン・コール——」ロイスはしゃしゃり出たを形にするように、両腕をすうっと上げたので、グラスの水もいくらか揺れた。「それで父が結婚してしまったんだけども、キャサリンがわたしを、父を、捨てて出たあとで、踏みとどまってくれたのはマリリンなんです。キャサリンの家出からまもなく、うちに通い詰めるようになって、わたしが二歳になってから父と結婚しました。まあ、世間体を気にしたんでしょう、あの年すぐに、ということではありませんでした。まず父の離婚手続きが先ですしね」

ここでロイスは話を止めた。グラスを小卓に戻して、膝の上に両手をそろえ、その手をじっと見ている。こんなことになっているのが、私にはにわかに信じられなかった。バッグの中で携帯がメールの着信音を発した。これを黙らせたいようにバッグに肘を押しつけたのだが、いささか間が抜けていた。私から向かって左にあった写真を見ると、古いものではなく、ほかの写真よりも大きくて、卒業式の若者が写っていた。

ロイスがまた私を見てきて、あの小さな笑いを浮かべたが、やはり好意があるのかないのかわからなかった。日射しが彼女の脚に落ちて、細長い模様を走らせている。「義理のお母さんだった方は、あなたを人に紹介して言ったのでしょう。この人がルーシー。何もないところから来た人――。でもね、その人こそ、どこから来たのだったか、ご存じ？」

いまロイスに言われて、たしかに聞いたはずのことを、もう一度、心の中で繰り返さずにはいられなかった。「あの、それは――どうして知ってらっしゃる？　義理の母が、人前でそう言っていたと」

ロイスの答えはあっさりしていた。「お書きになったでしょうに」

「書いた？」

「ええ、本の中で――。回想録ですよ」ロイスは私から見て右側の本棚を指さした。それから立っていって、私の本を――ハードカバーである――取り出すのを見ていたら、私の本を全部そろえているのがわかった。これは驚きだ。

「キャサリン・コールが、どういうところの出だったか、あなたはご存じ？」ロイスが重ねて問いかけ、また椅子に坐った。椅子の肘掛けの上でバランスをとった本が、すぐにグラスのある小卓に移された。

「いえ、あんまり」

「あ、そう」と言うロイスの顔に、あの小さな笑みが浮いていた。「あの人、何もない以下だったのよ。ゴミみたいなところから出た」この言葉に、私は顔をひっぱたかれたような気がした。この言葉を聞くと、いつもそうなる。

ロイスは膝の上を払うような手つきをして、また話を続けた。「コールってのは昔っから困った家でね。だめなのよ。キャサリンの母親は、しょっちゅう飲んでるみたいだったし、父親は何やっても長続きしなかった。女房子供に当たり散らしていたらしい。ただの噂だけどね。キャサリンの兄ってのがまた、若いうちから服役して、刑務所の中で死んだ。そのへんのことはよく知らない。でもキャサリンはきれいな娘だった。わたしも写真なんて見たことないのよ。そんな写真、うちに残ってなかったから。話を聞いただけ。両親のどっちからも聞いた。そういう若い女が、父をねらって追っかけたの」

ロイスは室内に目をやって、「おわかりでしょうけど、わたしの母は――マリリン・スミスという人は――ゴミ溜めから出たんじゃなかった」

「でしょうね」

するとロイスは、「あとで行ってごらんなさいな」と言った。「もう何年も前から空き家のまんま。ディキシー・ロードにあるわ。キャサリンの実家だった」彼女はまた部屋の中を見ると、椅子を立って、ペンをさがし、眼鏡をかけ直して、住所をメモに書いた。「ヘインズヴィルを通る道から折れていく」彼女は私にメモを持たせると椅子に戻り、眼鏡をはずした。私は礼を言い、彼女はまた椅子に座りながら、「ついでにトラスク農場も見るといい」とも言った。「わたしが育ったところ。ドルーズレイク・ロードを行くといいわ。ニューリメリックから、もうリニアスの町に入ってる」また立ってきて、書いたメモを取り戻し、眼鏡をかけて、書き足してから、「じゃ、これ」と返してよこした。「うちの農場は、ずっと弟がやってたけど、いまはもう弟の息子たちが継いでる。昔とちっとも変わらない。このへんは変わらないわ」彼女はまた坐った。

坐ってくれたのはありがたい。もう帰れと言っているわけではなさそうだ。

ロイスは、私からの質問に答えて、「ミス・ポテトの花クイーン」になったときのことを語った。「ああ、そうね、おもしろかった……」しかし、それが最高の思い出ではないという。人生で一番よかったのは、夫になった人だそうだ。その男はプレスクアイルの出身で、歯医者になった。彼女自身は二十七年間にわたって三年生を担当する教師をしていた。家庭では四人の子を育てた。「うまいこと育ってくれたわ」と彼女は言った。「みんな、そうだった。ドラッグで困らされたこともないなんて、昨今めずらしいでしょ」

「ご立派ね」

「ルーシー、お孫さんは？」

「いいえ、まだ」

これをロイスは考えたようだ。「まだ？　じゃあ、おわかりではないわね。すごいのよ。孫っていいものだわ。掛け替えがない」

それはちょっと、どうでもいい。

ロイスが言った。「一人、自閉症の子がいてね。これはまあ手がかかる」

「はあ、大変でしょう」そう思って、そう言った。

「ええ。たしかに楽じゃないけど、親がよくやってる。ほんとに頑張ってるわ」

「大変ですね」私はまた言った。

「それを言わないでよ、かわいい子なんだから。ほかにも七人いるの。いい子ばっかり。よくできてる」彼女はいくぶんか手を伸ばして、卒業式の写真を指さした。「初孫だった子でね。去年、州立を出た」

「いいですね」と言ったら、またバッグの中で着信音が鳴った。

「あのね」ロイスが言った。「わたし、くやしがることって、まずないのよ。すごいじゃないって思う。だって、ほかの人を見ると、何だかんだ悔やんでることがありそうで、それが当たり前なのよね。でも、わたしの場合、さっきも言ったけど、いい暮らしができていたんだって、ほんとにそう思ってるの」いま気づいたが、彼女の椅子から壁側に寄ったあたりに、女性雑誌が積み上がっていた。ごちゃごちゃした部屋だとはいえ、ちっとも不快ではない。壁紙の水染みを別にすれば、手入れが行き届いている。

ロイスは話を止めて、視線を部屋の隅に向けた。「でも一つ言うなら――それが大きな後悔だと言っていいのかもしれないけど――」と私に目を戻して、「あの女、キャサリンに訪ねてこられて、あとで考えれば、もうちょっと愛想よくしてもよかったかと、ね」

「あの、待って」私は乗り出して言った。「訪ねてきたって、いまそうおっしゃいましたよね？」

ロイスが意外らしい顔をした。「ええ。ご存じかと思いましたが」

「いいえ」私は前に出た姿勢を戻して、語気を静めながら言った。「いいえ、思ってもみませんでした」

「それが来たのよ。あれは夏のことで――」と言って彼女が明かした数字で、私にはすぐにわかった。私が入院した年だ。九週間も家に帰れなくなった夏である。たしかにキャサリンの動静は聞かれなくなっていた。

「で、あの人、どうしたのかというと――」ロイスは深く坐って、足首が交差した。「興信所に頼んだらしい。あの当時はインターネットがないから、じかに人を雇って調べさせたのね。わたしなんか、すぐ見つかるわ。それで住所を知って、お出ましになった。いまあなたが坐ってるその場所に、あの人がいたのよ」

「まさか、そんなことが」私は言った。「すみません、そんなことあるんでしょうか」

「あったの。わざと平日に来たわよ。うちの夫は仕事に出てたし、子供らは叔父の農場へ行ってた。早くから手伝うようになってたから。わたしだけ学校が夏休みだったのよね。そしたらドアベルが鳴って――あれが鳴ることなんてないんだけど」ロイスが私の背後の玄関ドアを指さすので、つい振り向いてドアを見てしまった。「わたしが出てったら、あの人が立ってて――」

「誰なのかおわかりだった？」

「そうねえ」ロイスが思案する目を向けてきた。「わかったと言えば、まあ、すぐにね。でも、そんなはずがないとも思った」ロイスはわずかに首を振った。「ともかく、誰かわかるかって言うんで、さっぱりわからないと答えたら、言うのよ、あの女――あなたの母親、キャサリン・コール、と来たわ」

ロイスは一方の手を上げて、わずかに引いた。「母親じゃありません、と言ってやりたかったけど言わなかった。結局、ひんやりと言ってたわ。どうぞお入りください、キャサリン・コール、なんてね」私を見ているロイスの顔がうなずいた。「そう、ひんやりしてた。わたし、あの人には冷たくなってた。当時は、もう両親ともに死んでいてね。さほどの昔でもなく、半年の間を置いて、どっちもいなくなっていた――なんてことも興信所の調査でわかってたはず。あれだけ何年も時間がたって、いまさら会いに来るのは、ちょっと違うんじゃないかと思った。すいすい入ってきて、顔なじみのように坐り込んで――それから、少し泣いてた」

「泣いた?」と私が言うと、ロイスはうなずいて、いくぶんか頬をふくらませ、ふうっと息をついた。

「よくしゃべってたけどね。それとまあ何というか、すっかり垢抜けちゃって、着てるものなんかも——あとになって思ったんだけど、わたしが四十一だったから、あの人は六十二よね——夏場に来て、やっと肩が隠れるかどうかのノースリーブ」と、ロイスは肩に手を当ててみせた。「ネイビーブルーで、ちょこっと白が——あれ何と言ったっけ、ええっと、ほら、ぐるっと縁を取ってる——」

「パイピング」いまロイスが言わんとするワンピースは、私にも心当たりがあった。キャサリンが好んで普段使いにしていたもので、袖まわりと横の縫い目に沿って白い線が入っていた。

「そう、パイピング」と、ロイスがうなずいた。「ストッキングもはいてなかったわね。スカートは膝丈で、ああいう服は、どうなんだか——このへんでは着てる人いないんじゃないかな。ただ、あの人に来られて何が困ったかと言うと、とにかく自分の話ばっかりしたがったこと。そりゃまあ、わたしのことも少しは聞かれたけど——どうせ興信所の調査でわかってたようなもので——あとはもう延々と——」ここでロイスはわずかに首を振って、「自分のこと。それぱっかりよ。どれだけつらかったかなんてことを、いつまでもぺらぺら」

ロイスは前に乗り出して、また下がった。「いろいろ聞かされたから知ってるのよ。眠れなくなってたとか、鬱っぽくなるとか——たしか、ブルーになる、なんて言い方してたと思う。夫に死なれた、息子がどうした――ということは、あなたの本で知ったわ。あのときも平気で言ってた。臆面もなく息子自慢で、まったく、あれを聞いてると、この世で最優秀の科学者になったみたいだった。わたしが聞きたかったのは、そんなことじゃないでしょうに」

ありゃま、と私も思って、「そりゃそうですよね」と言ったものの、「その時点では、ほかに何もなかったんでしょう。もう息子しかなかった」とも言った。

「でしょうね。だと思う」と応じたロイスは、やや口調を静めつつ、「だと思う」と繰り返した。ちょっとだけ足元に目を落としてから、その目を上げて、「あれから考えたんですよ。もう少しは親身に聞いてあげてよかったのかもしれない」ロイスの顔に動きがあって、私は目をそらすしかなかった。すると彼女が言った。「でも、さすがにねえ――息子の話に付き合わされるのは、うんざりだったわ」

ややあってロイスはまた語りだした。「再婚の夫にも話したんだって言ってた。だからその、すでに赤ん坊を産んで――わたしのことよね――置いて出てきたんだってことを、ガーハートっていうドイツ人にも話したんだって。それがもとで生活上まずいこともあったって言ってた」

「その話を――？　いつ話したのかということは？」

「どうなのかな。あんまりよく覚えてないけど、すぐにではなくても、かなり早いうちに言ったんだと思う。まずいことっていうのも、それがあったというだけで、何だったかはわからない」

それからロイスは、片手を軽く頰に添えながら私を見て、「そういうことを、あなたに全然言わなかったのが不思議だわ」

「あの、ロイス」と、私は言った。「夫はあなたの存在すら知らなかったんですよ。知ったのは、つい何週間か前」

これは予想もしなかったようだ。彼女は顔から手を下ろして「ほんとですか？」と言った。

「ええ。彼と別れた奥さんが、出て行く直前に、サブスクの会員権をプレゼントしたんです。よくありますでしょ、家系の検索ができるなんていう。それで彼は初めて知った。あなたのことは母親から何にも聞いてませんでした。父親からも——。ウィリアムは何にも知らされてなかったんですよ」

ロイスは事の次第を呑み込もうとしていた。それから「何とまあ」と言って、首を振った。「つい何週間か前に？」

「はい」

「いま、奥さんが出て行く直前て、そうおっしゃいましたよね？」

「はい」

「あなたも出て行った。そう書いてありましたが」と、卓上の本を見やった。

「はい」

「ということは、二度も奥さんに逃げられた？」

私はうなずいた。つい口が滑ったようだ。出て行く云々は余計だった。

少し間を置いてから、彼女は疑いの眼差しで言った。「どこかしら、あのう、おかしい人なの?」

「たぶん、女房の選び方を、間違えてるんでしょう」

ロイスはどうとも言わなかった。

ウィリアムのことが気になった。こうしてロイスと話していながら、ずっと車の中で待たせてしまっている。「お会いになります?」

私を見る彼女の顔に、悲しげな、もう終わりたいような色が出ていた。会いたくはなさそうだ。「悪いけど、その気になれないわ。もう若くもない。あなたとお話しできたのはよかった。その人に会うのは、やめとくわ、会いたいとは思わない」

「わかりました」私が帰りかける動きを見せると、彼女も立ち上がったので、これでおしまいということがわかった。

彼女は玄関まで見送りに来て、ドアを引いてくれた。あまり出入りがないのか、ドアはいくぶんか軋《きし》むように開いた。いまとなっては昔だが、ここにキャサリンが来て、私と同じように坐っていたのだ。

私がロイスに振り向くと、彼女は手を上げて、そうっと軽く私の腕に触れた。「あなたの本――回想録よね――あれを読んだら、ジャガイモ農家が出てきたんで、びっくりもいいところだった。わたしの父じゃないの! その先を読みながら、わたしも出るんじゃないのか、あの女は赤ん坊だった娘を置いて家出したんだと書いてないかと思ってた。そうはならなかったけど」

「ええ、知りませんでしたので。最初の夫を置いて出ただけと思ってました」

「そうね、やっとわかった。でも、あのときはもう、言ってしまえばバカみたいな話で、わたし、気を悪くしたのよ。あらためてキャサリンに腹が立ったわ。あなたにもね。書いてもらえなかったから」

「まあ、ロイス」おかしな非現実感があって、いま頭が正常に働いていないと思った。食べるものが欲しくなる感覚に似ていたが、もっとひどかった。

「じゃあ、そうねえ」ロイスが小さな笑いを発した。「今度また書くなら、わたしの出番もあるかしら」

「それはもう、そのように」

彼女はまた少し笑って、「いい役がもらえるなら出たいわね」

もう一度彼女を見たら、光線の具合もあって、その顔に疲労の影が見えた。いままで話すだけでも簡単ではなかったのだろう。かなりの負担をかけてしまったのだと思った。

＊

歩道を急ぎながら、足がもつれそうになった。ウィリアムはずっと車の中にいて、仰向けでシートにもたれかかっていたので、寝ているのかとも思った。運転席の窓は下まで開いている。私が近づいて立つと、彼はまっすぐに坐り直した。「おれに会おうとしてる？」

私は助手席側へ回り、車に乗って「行きましょ」と言った。ウィリアムが車を発進させた。彼がまたしても妻に逃げられたということまで私が言ってしまって、そうと聞いたロイスがどんな反応を見せたのか、ということだけは伏せておいた。

そのほかは浴びせるように語って聞かせた。

＊

ウィリアムは聞きながら、ときどき口を出して、はっきり言わせようとしたり、聞き返そうとしたりするので、これに私も応じた。そんな調子で走り続け、ウィリアムはひげに歯を当て、フロントガラスの前方に目を細めていた。もうサングラスはしていない。神経を集中して聞いているようだった。あるところで「ロイス・ブーバーが言ってることは本当なのかな」と言うので、私は「どのあたりが？」と言った。すると彼は、「あのお袋が、こっちまで来たってこと。それだけ時間がたってから、わざわざ来るものだろうか」

キャサリンが着ていたという服には、たしかに心当たりがあった、と私は口にしかかって言わなかった。さらにウィリアムは、「キャサリンの兄が服役中に死んだってのもおかしい。その死亡証明はオンラインで見てるが、刑務所とは書いてなかった」

私はあたりを見回し、「どこ行こうとしてるの？」と言った。

「どうだろな。さがしてみるか、トラスク農場、キャサリンの家。住所はわかったんだよな」

「キャサリンが育った家はわかる。トラスク農場はドルーズレイク・ロードだけど、番地まではわからない。ニューリメリックからリニアスに入ってすぐだって」

ウィリアムが路肩に車を停めて、「調べてみよう」とiPadを取り出したので、私は携帯をチェックした。ベッカからのメールが二件。まず書いてあったのが「お父さんと縒《よ》りを戻す？」で、その次は「そっちの様子どうなってる？？？」ということだ。これに返信して、一件目には「そんなんじゃないけど、うまくやってるわ」、二件目には「すごい収穫あり！」と書いてやった。あの娘が「縒りを戻す」ことを聞きたがるとは思わなかった。私は携帯をバッグにしまった。

「ようし」ウィリアムはｉＰａｄの画面でメイン州リニアスを見つけていた。ドルーズレイク・ロードもたどれる。また車を走らせて、しばらく行くと、その家があった。彼の母親がクライド・トラスクという農場主と暮らして、ウィリアムの父になる男との出会いもあった家だ。そして、とりあえず家とは言ったものの、このあたりでは——いや、このあたりでなくても——びっくりするような邸宅だ。横側に長くポーチがついていて、家屋は三階建て。まばゆい白の塗装に、シャッターがくっきりと黒い。隣接して納屋もあって、ほかでも見かけたように斜面を利用して建てていた。私たちは車を停めて、この家をながめた。

ウィリアムは「ここは関係ないか」と言って、ちらりと私を見た。「どうでもよさそうだ」これに私は、わかるような気がする、と言った。

それでも、しばらく家をながめて、ウィルヘルムが弾いてキャサリンが聞いたというピアノがあったらしい部屋の窓に、見当がついた。だが、私たちのどちらにも、と思うのだが、なんだか軽い反感——とまで言ったら、きつい表現になるけれど——どうでもよいという気持ちは、二人のどちらにも出ていたと思う。

それから、また車を走らせた。まったく何もない道だ。ぽつぽつと木が立って、ちょうど日射しが降りかかっているというだけ。そのうちに小さな郵便局があった。ひどく古そうに見える。「ほら、ルーシー、あれ」とウィリアムが言って、そう言いたくなる理由もわかった。彼の母親が、毎日、ここまで足を運んでは、ウィルヘルムからの手紙が来ていないか見ていたのだろう。

ゆっくりと車を走らせていて、本当にゆっくりと走っているうちに、ようやく鉄道の線路があった。ウィリアムが「あ、ちょっと待った、ルーシー」と言う。すぐ前方に、ごく小さな駅が見えて、線路沿いに物置がならんでいた。ロイスが言ったとおりで、何も変わっていないようだ。構内へ行ってみたが、ほかに車はなく、来る人もいない。私たちは車内に坐ったまま、道路を見ていた。雪が降った十一月の夕刻に、キャサリンが小走りになって駅へと急いだ道だろう。小さな板張りの駅舎がある。停車場とでも言うべきか。若き日のキャサリンが、目に見えるようだった。十一月の暗くなった吹きさらしの道で、あやしまれまいとブーツではなく普通の靴を履いて出て、たいしたコートも着ていないキャサリンが、雪の地面を小走りに駅へ行こうとしている。その急ぎ足が目に見える。地味な服装で、スカーフを頭からかぶって、あの駅舎で列車を待つ。こわいと思っている。心底こわくなっている。おそらく、乱暴な父親がいた実家でも、いつも同じようにこわくなっていただろう。このときの彼女の気持ちがわかるようだ——

＊

もしボストンに着いてウィルヘルムが来ていなかったら、もう自殺するしかない。

「くっそ、ロイス・ブーバー」と、ウィリアムが言った。

私はつっと顔を向けた。いまは街道に戻ろうとしている。

「そんな人、いなけりゃよかったんだ」彼はひげを撫でつけ、フロントガラスから道路に目をこらした。「今度の本に書かれたい？　いい役で出たい？　冗談じゃないぜ。人生で悔やまれるのは、あの母にもう少し親身になればよかった？　そんなこと言いながら、おれが出てきたって会おうとしない？　何てやつだ」

ここで私が思ったのは、もう抱っこしてくれなくなったという保育園の先生。

＊

私が大学に入ってから二年目に、アルバイトで入学担当の事務局に雇われ、希望者に学内を見せて歩く係になった。すごくいい仕事だった。仕事があるだけでもうれしかったし、夏休みに帰省しなくてもよくなった。大学が好きで、どう好きなのか人に伝えるのが楽しかった。という話をするには理由がある。この担当課に、ある男がいた。課長ではなかったが、当時の私から見ればなかなかの大物だ。十歳くらいは年上の男が、私を気に入ったらしい。何度か一緒に出かけた覚えはあるが、どこだったのか忘れた。車があったのは当然として、それすら私には大人っぽいことだった。その車に初めて乗って、ドアハンドルにカップホルダーが付いているのを見たら、こんなのがあるのかと思った。それもまた大人っぽいことで、私には合わないとも思った。ただ、その人のことは好きで、恋をしたのかもしれない。あの頃の私は、会う人ごとに、すごいなと思っていた。ある晩、私が友人たち（そういうものがいた！）とシェアしていたアパートまで送られて、彼は私を車に押しつけるようにキスをした。それで私の耳の中へささやくように、「おう、タイガー」と言ったのを覚えている。私が何と思ったのか……覚えがない。とにかく、その夜のキスだけでおしまいになり、ほんの数カ月後に彼は同じ課で秘書をしていた女と結婚した。きれいな人で、私もずっと好感を持っていた。

こんな話をしたのは、いつの間にか何となく、どんな人間なのかわかるもの、という趣旨だ。

担当課の男は、私がタイガー呼ばわりされたあとで、どうとでも言い返して付き合っていける女ではないとわかったのだろう。私だってカップホルダーには違和感があって、あの男から音沙汰がなくなっても残念ではなかった。そもそも私に近づこうとしたことがおかしいのだ。いや、つまり、いま言おうとしているのは、ウィリアムと私は結婚するにいたったが、それまでに双方の何がわかっていたのだろうということ。

＊

ヘインズヴィル・ロードに来ると、薄気味悪いほど静かだった。この道を何マイルか走って、一台の車も見ていない。みじめな道路、と私の目には映った。両側に切り倒された木が多い。湿地の木は枯れている。ある地区に、いくらか果実の出かかった木もあって、きっと農場の跡地だろうとウィリアムは言った。ひたすら走る。すべてが日に焼けているように見えた。

大きなサンタクロースの顔の看板に、「クリスマスツリー販売、三百フィート先」と書かれていたが、それだけ行って、まったく何も変わらなかった。

　まるで樹木しかないヘインズヴィル一帯で、私は恐怖感を止められなくなっていた。木々の立ち枯れた湿地が何度も出てくる。それぞれの小さな枯れ木に、やや赤みを帯びた光が映える。いじけたような雑草は、クローバーかとも思うが、私には見たことのないものだ。バプティスト派の教会があった。周辺に何もない。ウィリアムが、「案外、キャサリンとクライド・トラスクが式を挙げた教会だったりしてな」と言った。どうでもよさそうな口ぶりだ。彼にしてみれば、マサチューセッツ州ニュートンに住んで、ずっと彼の人生の中にいた人が、本物の母親なのだろう。こんな北の田舎にいた女は、赤の他人も同然だ。そういうことなのだと私には思えた。

　すると、いきなり目についたのが、道端のカウチだった。プリント柄の布張りで小型のカウチが、とにかく道端に出されて、座面に電気スタンドが倒れている。ちょうど細い横道に折れていく地点だ。カウチが気になって徐行したら、道路標識にディキシー・ロードという文字が見えた。私が「ウィリアム」と言うと、彼はこの細い道に曲がった。ロイスに渡されたメモには、「ディキシー・ロード、最後の家」と書いてある。しばらく進んでも家らしいものはなかったが、やっと小さな一軒家があり、その前に立っていた男が、通過する車を目で追った。老人のようだ。ひげを生やして、シャツは着ていない。ひどく怒ったような顔をした。知らない人にあれほどおっかない顔をされたのは、子供の頃から絶えてなかったことで、すごくこわかった。そして道路が舗装ではなくなって、右側に二軒の小さな家を見て走り、またしばらく人の気配が消えてから、ようやく最後の家らしきものがあった。どうやら何年も前から放置されている廃屋だが、こんなに小さな家を見たことはなかったと思う。私だってちっぽけな家に育ったが、ここまで小さくはなかった。平屋を二間に分けているようだ。隣接するガレージがこれまた小さい。家の屋根は凹んでいて――もとは平たい屋根だったのだろうが、真ん中が沈んで落ちそうで――家そのものは栗色をしている。

これが現実とは思えなかった。

ウィリアムを見ると、すっかり表情が失せていた。茫然としたのだろう。その顔を私に向けて、「こんなところで育ってたのか」と言った。

「ロイスが間違えたのかも」

「いや、おれだって検索したんだ。ディキシー・ロード」

車の中から、この家をながめた。ガレージに木の枝がかぶさりそうだ。家の窓にまで雑木が届いている。

その家が、いや、何とも――小さい。

ウィリアムは車のエンジンを切り、二人とも押し黙った。屋内は暗くて、窓に見えるものはない。あの中に人の暮らしがあったとは、うまく考えられなかった。そこらじゅう雑草が伸び放題で、まだ若い木が間近に迫って立ち上がる。家を突き抜けることもあるようで、二本の若木が崩落寸前の屋根を破っていた。

ウィリアムに目を走らせると、わけがわからなくなったような顔をしていて、私の心まで痛くなった。それはそうだろう。私だってキャサリンがこういうところから出たのだとは思いついたはずがない。彼は私を見て、「もういいか?」と言った。私も「行きましょ」と答えた。また車を走らせたのだが、Uターンできるほどの幅がなく、そのうち行き止まりにもなったので、ウィリアムが何度も切り返してから、やっと元の道を走りだした。さっき通過した家の前に、まだあの男が立っていて、おっかない顔を向けてきた。

道端のカウチは消えていた。

「ホラー映画だな」ウィリアムは言った。

＊

飛行機は五時発の予定である。バンゴー空港へ向かう道で、もう話すこともなかった。あるレストランを通過したら、塗装がはがれかかって、ずっと前に閉店したことは見えていたが、店の正面に、角張った大文字で「いい人がどんどん減っていくのは、ここだけか」と書き出されていた。

しばらくして私は「ウィリアム」と言い、彼が「うん？」と言って、私は「何でもない」と言ったのだが、そのあとで「あなたって、母親と結婚したのよね」と静かに言った。

彼は私のほうへ顔を向けて、「どういうこと？」

「わたしと似てたんだわ。とんでもない貧乏で、たぶん父親も――どうなんだろ――ともかく、あなたは同じような女と結婚した。いくらでも選べる相手はいたんでしょうに、母親に似た女を選んだ。――わたしも、子供たちを置いて出た」

ウィリアムは車を片側に寄せて停めた。そのまま黙って私を見る。こんなに長く見つめられたのは絶えて久しいことなので、つい目をそらしそうになった。すると彼が言った。

「なあ、おれがルーシーと結婚したのは、いつも楽しげに見えたからだ。いつも楽しさいっぱいの女だった。だから、あの日——ルーシーの実家へ行って、結婚しますって言おうとした日には、びっくりして死ぬかと思った。こういう家から出たとは思いもよらなかったんでね。それで考えたよ。どうしてああいう女でいられるんだろう。こんな育ちだったのに、あれだけ生き生きしていられるのはどうしてか」彼はゆっくりゆっくり首を振った。「どうしてああなっていられたのか、いまだにわからない。こんな女はほかにいないよ、ルーシー。妖精じゃないのか。ほら、バラックの跡地へ行ったとき、異次元に出入りするとか何とか言ってたよな。たしかに妖精だったらそんなこともあるだろう。ルーシーみたいな人間は、この世のどこにもいやしない」ここで一瞬の間があって、「それに人の心を盗むからな」

ウィリアムは、また車を走らせた。

そう言えば、ナッシュ先生の車に乗せてもらった日にも、こんな幸福感にとらわれたのではなかったかと思った。「ああ、ピリー」私はそうっと言った。

ウィリアムはもう何も言わなかった。

＊

ウィリアムが閉じていく。そんな現象を私は見ていた。彼の顔が——へんなことを言うようだが——顔はそのままなのに、顔の裏で総退却している。彼が遠ざかる、という感じだった。走っている車の中でそういう顔になった。

あるところで私は、また話のきっかけにするつもりで、「わたしたち、すごくアメリカン・ストーリーよね」と言った。ウィリアムが「なんで？」と言うので、私は「それぞれの父親が敵味方で戦って、あなたのお母さんも、わたしも、めちゃくちゃな貧乏の出だったのに、いまとなっては、わたしたちニューヨークに住んで、どっちも成功してきたと言える」

するとウィリアムは、私に目を向けず——でも、すぐさま——こう言った。「まあね、アメリカン・ドリームってやつかな。うまくいかない場合だっていくらもある。たとえば、あのゴミだらけの車にいた元兵隊。こっちへ来た翌日の朝、見たよな」

私は窓の外へ目をやった。このとき思いついたが、ディキシー・ロードの家の前にいて恐ろしい顔つきをした男は、年齢からして、ベトナム戦争へ行ったとしてもおかしくない。そういうストーリーがあったのかもしれない。私がベトナム戦争のことを知らないも同然だったことは、以前にも話した。育った家は世間から孤立していて、私自身もベトナムで従軍した人を知らない子供だった。だが大学へ行って、ウィリアムと出会ってから、それが変わった。いま私はウィリアムに、「ベトナムについては運がよかったのよね」と言った。「うまいこと徴兵の抽選にはずれた。番号によっては、どんな人生になったかわからない」

「ああ、そのことは生涯ずっと考えてる」と、ウィリアムは言って、また何も言わなくなった。

それから私は考えた。ひょっとすると、私だけがロイス・ブーバーに会いに行って、ウィリアムに損をさせたのではなかろうか。私が先を急がず、彼にも来させようと配慮していたならば、二人とも同じくらいの扱いは受けられたかもしれない。閉じた顔で運転するウィリアムを見ていたら、そんな気がしてならなかった。まず私に言ったことが「おれに会おうとしてる?」だったではないかとも思った。

これに私は、してない、と答えるしかなくて、それで彼がああいう顔をした。ときおり彼が見せる、何だそりゃ、の顔だった。おそらく彼にしてみれば、ここにも一人、おれを拒否した女がいる、ということだろう。またしても保育園の先生のことが思い出された。大事にしてもらえたはずなのに、ぱたっと抱っこしてくれなくなった。そもそも早くから保育園に行かされたのは、かつて赤ん坊がいたことが母親から父親に伝わって、夫婦がぎくしゃくしたからではないか。キャサリンが息子の面倒を見きれない状態にあったのかもしれない。もしそうなら、いくらか話が見えてくる。

そう思って、私は言った。「わたしが飛び出しちゃったのよね。あなたにも来てもらえばよかったのに、一人だけ車から出て――」

彼はちらっと私に目を走らせ、「いや、どうでもいいんだ。おれがその人に会えなかったことくらい、ほんとに、どうでもいい。おれが尻込みしたんで、ルーシーが代わろうとした」また少し間を置いて、「それだけだ。構うこたあない」

だが、その顔は表情を変えなかった。

＊

空港の駐車場に入った。やたらに広くて、がらんとしている。それだけ空いているというのに、どこで車を返却するのかわからず、何度かターンしてしまった。スーツケースを出して、空港内へ向かう。ここに到着した夜よりも——私の感覚では——なお様子がおかしかった。小さい空港なのだが、なんだか外国へ来たような、と思った。食べるものの売り場がない。いま午後の盛りである。

空港の中を歩いていたら——まだ保安検査の手前で——ウィリアムが「おれ、もうちょっと歩きたい」と言った。私は彼を見て「付き合おうか」と言ったのだが、彼は首を振った。それで私は「じゃあ、スーツケース、預かってる」と言った。

だが私は空腹を抱えていた。ここにいても食べるものがないので——二つのスーツケースを道連れに——いま来た小さなブリッジ通路をたどって、空港ホテルへ行ったのだが、両開きのドアを抜けたとたんに、ここのレストランが閉まっていることを知った。「五時開店」の表示が出ている。はあっと溜息をついて、逆戻りしようと振り向いた。ここの州民は、どういう時間にものを食べているのだろう……などと思っていたら、見たこともない肥満体の男が目の前にいた。いま私が抜けてきた両開きドアを通ろうとしているが、その片側を押しただけだったので、巨体の通行には空間が不足していた。それほどの年齢ではなさそうだ。当てずっぽうだが三十かそこら。ズボンの幅が左右に張り出して、船のようにも見えている。その顔は目鼻が埋没しそうになっている。私は一方のスーツケースから手を離し、まだ閉まっていたドアの片側を引いて押さえてやった。男は情けなそうな苦笑いを浮かべ、私が「はい、どうぞ」と言うと、「どうも」と照れ笑いに言って、ロビーのフロントへ寄っていった。

また空港へ歩きながら考えた。いまの人の気持ちがわかると思った（もちろん本当にはわからない）。とにかく思ったことは――おかしなもので、私は人の目につかない存在だと思っていながら、また一方では、普通ではないものとして目立つことも知っている。ただ、私の場合には、外から一見しただけではわからない。あの太った男のことを考えて、私のことも考えた。

空港内の窓から、だだっ広い駐車場を歩くウィリアムが見えた。その一辺をたどった彼が、窓の視野から出そうになったが、また逆戻りした。そのうちに立ち止まり、何度も首を振っている。と思ったら、また歩きだした。

ああ、ウィリアム、と私は思った。

ああ、ウィリアム！

＊

ならんで坐っていた出発前の時間に、またウィリアムを見て、この人によくある顔だと思った。心がどこかに行っている。その彼が、「娘らには、ルーシーから言ってやってくれよ。おれはそういう気分じゃない」と言うので、わかったと答えた。搭乗したのは小型の飛行機で、荷物を頭上に置くスペースもなく、係員が――若くて感じのいい男だったが――お預かりしますと言った。到着時に降り口のブリッジで受け取るということらしい。

ウィリアムは私より脚が長いので通路側の座席に坐った。あれこれの話をして――またウィリアムは平べったい口調になって、ロイス・ブーバーはおれに会おうとしなかったとか何とか、ぶつくさ言っていたが——それから二人とも落ち着いて席に沈み、たいして長いフライトにはならなかった。窓の下にニューヨーク市を見て、どこからか飛行機で帰ってくると、ほとんど毎回のように思うことを、また思った。畏れ多くもありがたいという感覚だ。この眼下に広がる巨大都市が、私を受け入れ、住まわせてくれている。この町を空から見下ろすと、そんな思いに誘われる。どっと感謝の気持ちが寄せてきて、そう言おうかとウィリアムを見たら、その頬に一滴の水分が落ちかかっていた。彼が私を正面から見たので、反対の目からの一滴もわかった。ああ、ウィリアム、と思った。

だが、彼は首を振って、その様子からすると、慰めはいらないと言いたそうだった。いや、いらない人はいないと思うが、私には求めないということのようだ。荷物を待っている間も口をきかず、もう涙はなかった。ただ心がどこかに行っている。車でバンゴー空港に着いたあたりから、そういう腑抜けたような顔になっていった。

タクシー乗り場までスーツケースを引いていって、私より先に乗ったウィリアムが、「じゃあ、ありがとう、ルーシー、またすぐに連絡する」と言った。

そうはならなかった。しばらく音沙汰がなかった。

＊

帰路の橋を越えていて——あの夕方に一人で乗ったタクシーの車内で——ふと思い出した。結婚してヴィレッジのアパートに暮らした頃の私には、ひどい気分に駆られることがあったのだ。これは私の両親にまつわる。自分の親を捨てて出たという気がして――それに間違いはなかったが――よく私は当時の小さな寝室にへたり込んで、体内の激痛をこらえるように泣いた。するとウィリアムが寄ってきて、「どうした、ルーシー、話してごらんよ」と言うのだったが、私は首を振るだけなので、もう彼は仕方なく離れていった。

何とまあ、私もひどいことをしたものだ。

しかも、いままで気づかずにいた。夫が妻を慰めようとしたのに、それを封じてしまった。言いようもなくひどい。

そんなことを知らずにいた。

これが人生というもの。気づかないことがいくらもあって、気づいたらもう手遅れだ。

＊

旅から戻った夜、アパートに着いたら、いかにも空っぽの感じがした。これからずっと空っぽなのはわかっている。デイヴィッドが足を引きずるように入ってくることは絶対にない。こんなに寂しい気持ちになるのかと思った。スーツケースをごろごろと寝室に移動させ、私は居間のカウチに坐って、川をながめた。すっかり空っぽであることが恐ろしくなった。

ママ！　ずっと心の中で作り上げている母に向かって、声を上げた。ママ、痛いの、痛いの！

すると、心の中で作り上げている母は、そうね、そうよね、と言ってくれた。

それで思い出したこと――

もう何年も前に、女性受刑者と子供たち、というドキュメンタリー番組を見たら、すごく大柄の女が出ていた。かわいらしい顔立ちの人で、その膝の上に男児を載せていた。四歳くらいだったろう。子供には母親との時間が大事だという趣旨の番組だった。その刑務所は、当時の新方式として、子供との面会を許していたらしい。広大な膝にちょこんと坐った男の子が、母親の顔を見上げて、そっと静かに「神様よりママが好き」と言っていた。

こんなことが、いつまでも記憶に残った。

＊

その週の土曜日に、娘たちとブルーミングデールズで待ち合わせた。この二人がいて、ほかにも人が大勢いるというのが、すばらしいことに思えた。八月の下旬ともなれば、ニューヨークの富裕層は保養地に出払っているだろう。だが、いつも通りの人々だって多いのだ。だいぶ年をとって、棒みたいな体型で、皮の突っ張った顔に唇だけふくらんだ女が、いくらでも来ている。それを見ていてうれしかった。愛を感じた、とさえ言いたい。

クリッシーの具合を見ようとしたのだが、あれから妊娠したとも思われなかった。ふふっと笑って私にキスをすると、「専門の先生に言われてるの。三カ月はのんびり構えてなさいって。まだ三ヵ月にはならないから、言われた通りのんびりしてる。ご心配なく」

「ふうん。じゃあ、心配しない」

三人でテーブルにつくと、娘たちが言った。「さて、じっくり聞くわよ」

ということで、今度の旅をじっくりと語って、それを娘二人が聞き逃すまいとしていた。キャサリンにまつわる話を知って、私と同じように、びっくりしたようだ。それで私は「もうお父さんとは話した？」と言った。

二人ともうなずいて、クリッシーが言った。「でも、だめだわ。すっかりバカちんになってる」

「というと、どんな？」

「ろくに話が通じないの。そうなることとあるでしょ？」クリッシーは髪をうしろに払った。

「だけど、ほんとに傷ついたんだと思う」私は一人ずつの顔を見ながら言った。「まあねえ、お父さんにはダブルパンチだったのよ。まずエステルに出て行かれ、今度は半分血のつながったお姉さんが会おうとしなかった。そしたらトリプルパンチにもなった。母親の育った家を見ちゃって、それが、もう――ひどいの何の。あれほどとは思わなかったでしょうね。まさか、いくら何でも、ってことで」

この話には二人とも唖然とした。それは私とウィリアムも同じだが、キャサリンの実家のことを知らされて驚かないわけがない。クリッシーが、「おかしいじゃない。ゴルフなんかする人だったのに」と言った。その気持ちはわかる。

また数分後に、フローズンヨーグルトを口に入れたクリッシーが言った。「あたしたち、片親でつながった妹がいる。あの子のことは放っとけないと思う。放っとければいいんだけど、そうはいかない」

「で、そのブリジット、どうしてる？」私は言った。

するとベッカが、「あの子、苦しんでる。見ていてもつらいわ」

「会ったの？」

二人の話を聞くと、ついこの間、一緒に出かけたのだそうだ。これは意外であり、感激でもあった。あるホテルでお茶の時間にしたらしい。「いい感じの子だった」と、クリッシーは言う。「あたしたちも、いいお姉さんになってたわ。でも、なんだか悲しそうでもあったんで、なかなか大変」

またベッカが言うには、「お茶に連れ出したのがまずかったかな。どうしようか困ったってことはあって。映画ってのも、ちょっとねえ。ショッピングならよかったかも」

「おや、まあ」私は言った。わずかに間を置いて、クリッシーに、「放っとけないっていうのは、どうして？」

これにクリッシーは、「どうなんだろ。たぶん、その、妹だからかなあ」

「でも、とにかく、そうしてくれてよかったわ」私がそう言うと、二人は小さく肩を揺らしただけだった。

「お父さんと縒りを戻すのなんて聞いちゃって悪かったわ」ベッカが言った。

「いいのよ。そうと聞きたくなったのも無理はない」

「そう？」クリッシーが言った。

「そうなんだけど」私は言って、「そこまでの話ではない」と続けた。

「正解」と言ったクリッシーが、ちょっと話を変えて、「おばあちゃんが、いまキャサリンとして語られてる人だなんて、おかしなこともあるのね。あんなに普通の人はいないと思ってた。好きだったし」それでベッカも、「そうよね」と言った。

それで娘たちは、おばあちゃんの思い出を語りだした。その家に行くと、オレンジ色のカウチがあって、おばあちゃんが孫娘をぎゅっと抱いて迎えてくれた。「ぎゅうぎゅう絞られそうだった」ベッカが言った。「おばあちゃん、好きだったなあ」こうなると私も賛同するしかないのだが、あれで過去に訳有りの人だったというのが不思議である。孫にはもちろん、私とウィリアムにも、まったく知られていない過去があった。

娘たちは、あらためてロイス・ブーバーについて聞きたがった。「いい人だと思った?」とベッカが言うので、「まあ、それなりに」と答えた。「でも、一つ言っとけば、いままでずっと、自分の存在をお父さんには知られてるはずだと思ってたの。そのあたりも勘案して、まず文句は言えないくらいに、いい感じだった」

「プレザント通りの家で」クリッシーが言う。その通り、いい感じ《プレザント》、と私は言った。

ベッカが言った。「こういうことって、いまの時代には、よくあるみたいね。いろんなウェブサイトができてるから」ベッカの知り合いにも同じようなことがあったという。ある男が自分は半分だけノルウェー系だと知った。育った家の父親とは別に、そういう実父がいたのだった。「それが何と郵便配達に来てた人」

「うっそー」クリッシーが言った。

ところがベッカは、ほんとなのよとうなずいて、だめ押しに繰り返した。父親は郵便配達の人、ノルウェー系――。

私は娘たちに言った。あの鉄道の駅にいて、家出する母親を心に浮かべながら、お父さんが「くっそ、ロイス・ブーバー」と口走ったということ。「びっくりしたわ」これに答えたのはクリッシーだった。ナプキンで口をぬぐいながら、「お父さんがそう言ったから？」

「あの場では、ちょっとね」

クリッシーが言った。「腹違いのお姉さんが、会ってくれようともしなかった、と——。でも、お父さんて、子供じみちゃったりもするからねえ。会いたがらなかった人の気持ちもわからなくはない」

「だけど、あの人は知らなかったはずよ、その——子供じみちゃうなんてこと」

「うん、それはそう——」クリッシーはふんふんとうなずいて、「そこんとこは、まあ、置いといて」

ベッカが言った。「でも、半分はお姉さんなんだから、会うくらい会ったっていいのに」

クリッシーは宙をにらむような目をしてから、ベッカに言った。「じゃ、たとえば、ブリジットで考えたらどうかな。あたしたちが七十歳だったとして、あの子が訪ねてきたとする。会ったこともないのに、いきなり出てきて、パパはすばらしい父親でしたとか何とか言ったとしたら——？」

「どういう話よ」ベッカは言った。

だが私はわかるような気がした。子供には嫉妬心があることを軽んじてはならない。

ウィリアムにメールしたいと思った。娘たちにはバカちんにならないで——。でも思っただけ。

じゃあ、さよなら、と言って、なんだか悲しくなった。いつものように娘たちとハグして、愛してると言い合った。

帰り道を歩きながら、あの二人がブリジットをお茶に連れ出したことを思った。ブリジットがどんな子なのか、いや、あの三人がどうなのかを考えれば、たいして驚くべきことではないのだが、つい私は自分が育った小さな家を思い出してしまった——といって何を思ったのか、うまく説明はできない。しかし私の子供たちが、こんなにも早く——世代が一つ下がっただけでしかないのに——こうまでも変わっていて、私や、その出所とは、もう大違いなのだと思うと不思議でならなかった。もちろんキャサリンが出てきた境遇とも、まるっきり違っている。そんなことを、あれだけ強烈に思ったのはなぜなのか。ともかく、そう思った。

すると、ひょっこり出てくる空想があった。もしキャサリンが生きていたとしたらどうだろう。そこまで高齢のキャサリンを考えると、あっと息を呑んで、つくづく悲しいと思った。自分の子供が老人になることを考える悲しさにも似ている。生命の躍動していた顔は色を失って紙のようになり、手足がこわばって、もうタイムオーバーだ——いなくなっている親としては、どうしてやることもできない（まだ考えられないが、確実にそうなる)。

＊

キャサリンが死んでから、すぐに私は旧姓に戻りたくなった。どういうことなのか、ずっと気になっている。彼女への拒否感だったような覚えはある。私とウィリアムの結婚に、彼女の存在がありすぎたとは思っていた。ずいぶん昔のことで、よくわからなくなっているが、そんなことを考えていたら、彼女の死後に、ウィリアムが夢を見たという話を思い出した。夢の中で、彼は車の助手席に坐っていた。キャサリンが運転して、後部座席には私がいた。彼女は前車への追突を繰り返した。

ああ、キャサリン――。

私は、彼女の世話をしていた頃に、これでいいと思っていた。世話をすることがいやではなかった。彼女とは心安い間柄になった気でいた。そうなっていたと思う。

その彼女が死んで、一番の親友だった人が――最後の二カ月に、一度も見舞いに来なかった人が――こんなことを私に言った。「キャサリンは、あなたのこと気に入ってたのよ、ルーシー」それから、こうも言われた。「そりゃまあ……何というか、わかってたのよね……あのう」その女は、さっと払うような手つきをして、「ほんと、気に入ってたんだわ」いったい何が言いたいのか私は問わなかった。そういう性分ではない。「わたしもそうでしたよ。彼女が好きでした」とだけ言った。それでも私には――いまでもそうだが――キャサリンに裏切られたという思いが、ちくんと兆していた。おそらく私について何かしら（ほとんど？）よからぬことを、親友に話していたのだろう。これは意外だったし、切なくもあった。

だが、おかしなこともあって、彼女が死んでから、これでもう買いたい服を買うのは自由だと思った覚えもある。彼女が死んでまもなく、さっさとナイトガウンを買った。

＊

帰ってから二週間たって、ウィリアムはどうしてるだろうと思って電話した。すると彼は「ああ、ルーシー、こっちはまあどうにか」と言った。なんだか返事を渋っているようで、この調子だと、またパム・カールソンみたいな女と会うつもりなのか、いや、ひょっとしてパム・カールソンそのものか、と思った。ありそうな話だ。

では私はというと、どうにかなることはなく、まだディヴィッドに死なれたあとの感覚を引きずっていた。ウィリアムとメイン州へ行ったのが、ちょっとした気分転換になったのだとは思った。あの愛すべき夫を亡くした悲しみが紛れていた。もちろん一時しのぎである。

ともあれ、彼は死んでいる。ウィリアムは生きている。

ここで正直なことも言っておこう――。たとえば食料品の買い出しに行ったり、友人と会いに出かけたりしてから、もうすぐアパートに帰り着く街角にさしかかった夜には、入口階のロビーにウィリアムが坐っているという空想が出てきた。やおら椅子から立ち上がって、「よう、ルーシー」と声をかけてくる。そんなことを思い浮かべて、きっとまた私のところへ戻るだろうと考えた。

そんなことはなかった。

＊

その後、さほどの時間もたたずに――九月には入っていたが――ひょっこりエステルと出くわした。ヴィレッジのブリーカー通りに、おしゃれな客層を得意にするのだろう店が軒を連ねている。その中にクリッシーが好きそうな店があって、そろそろ誕生日も近いことなので、ちょっと私も出かけてのぞいてみた。すると、わずかに目を向けて、その目をそらして、また振り返った女が、エステルだった。私に気づかれなければよいと思っていたようだ。

「あら、ルーシー」と言うので、「あら、エステル」と応じた。寄ってきてキスするという動きはない。私からも距離を詰めなかった。「どう、元気にしてる?」と言ったら、まあね、という返事だった。いくらか老けたようだ。以前よりも髪が長い。なかなかワイルドと思って見ていた髪だが、長くなった分だけクレージーでもある。ちょっと似合わなくなっていた、ということ。

その彼女が、「ウィリアム、どうしてる?」と言うので、「ええ、大丈夫みたいよ」と言って、小さく笑ってやった。あまり楽しい相手ではない。

「まあ、それなら――」と言ってから、彼女は言葉に詰まったようだ。とくに助け船も出さずにいたら、今度は「クリッシーとベッカ、どうしてる?」と言った。こうなるとわかりきったことだが、この二人については、ブリジットから聞こえてくることのほかには、もう何の情報もないらしい。おずおずとクリッシーのことを聞いてきた。「あのう、たしか流産したのよね。あたしの、あれよりも前に――」

それで私が、いまクリッシーは専門医に相談して、再度の妊娠を試みていることを知らせると、エステルは「あら」と言って、私の腕に手を添えてきた。ここでも私はそれ以上に話をつながず、ブリジットのことだけは聞いておこうと思って、そのようにしたら、エステルは「ええ、あの子も、どうにか」と言った。

苦しんでると聞きましたよ、と言いたくなったが、私は突っ立っていただけで、彼女のほうから「それじゃ、ルーシー、これで」と言った。

だが去っていこうとする彼女の顔に、一瞬、とんでもない苦悩の色が浮いていた。そうと見たら、私の心がほぐれて、「あ、待って」と口に出た。振り向いた彼女に、「エステル、思ったままにしていいのよ。あたしたちのことは気にしなくていい」とまあ、そんなようなことを言っていた。素っ気なくしたあとで、やさしくなってみようとした。

それが伝わったのだろう。彼女はいきなり本音をぶちまけるように言った。「あの、ルーシー、女が夫を捨てて出たら、誰だって旦那さんが気の毒だって思うわよね。そりゃ無理もないわ。ただ、あたしが言いたいのは――」彼女のかわいらしい目が店内に揺らいでから、また私を見て、「あたしだってそう気楽じゃないってこと。だから何だって思われそうだし、それを言い立てるつもりもないけど、ただ言いたいのは、あたしにも失ったものはあるってことで、それはブリジットも同じ」

ほとんど彼女を愛せるような気がして、「ええ、すごくわかる」と言った。それが私の顔にも出ていたのだろう。私に腕を回してきた彼女と、頬にキスを交わした。彼女はもう泣きそうになって、「ありがと、ルーシー」と言った。

それから彼女は身体を引いて、私に目を合わせた。「ああ、ルーシー、よかったわ、ここで会えて」

二週間たって、チェルシーの界隈で、また彼女を見かけた。私はめったに行かないのだが、ある友人がアパートを借りたというので訪ねていった。エステルは男と腕を組んで歩いていた。パーティにいた男ではない。もっと年上で、ウィリアムと同じくらいだ。彼女は何やら夢中になって話しかけていた。今度は簡単に見ないふりができた。道路の反対側にいたのである。

まあ、そんなこともあった。

＊

ロイス・ブーバーのことを考えた。健全な人のように見えた。すでに言ったとは思うが、内部で安定して余裕ありげだった。家族の写真がたくさんある家に暮らして、その家は母親から受け継いだものである。私は静かに驚愕《きょうがく》していた。かつて母親が育った家に、いま自分が住んでいて、祖母が植えたというバラの茂みを手入れする。それで私が驚くのはなぜなのか。たぶん理由は一つだけ。彼女が家に対して持てる意識を、私は持ったことがないからだ。彼女は母親に愛された。そうと念を押すように言っていた。もちろん父親が再婚したマリリン・スミスのことである。といって生後一年ほどの間に、育児を放棄されていたとも思えない。キャサリンだって彼女を愛したはずだ。抱き上げて、引き寄せたことだろう。熱を出せば心配にもなった。ベビーベッドで初めて立とうとした赤ん坊に、心を躍らせていた。そうに違いない、と私は何度も考えた。

本当のことはわからない。

ただ、私の母はそういう人ではなかった。そのツケが私に回ってくることになった。それでも兄や姉に降りかかった被害には及ばない。

大学に入ったばかりの年に、英文学の先生が——小さいクラスだったが——よく学生を自宅に招く人だった。奥さんも家にいた。あとで私が——三年生で——先生とも奥さんとも親しくなってから、ある日、奥さんが言った。「あなたが初めて来た日のこと、まだ覚えてるわよ。ちっとも自分の価値がわかってない子だって思った」

兄については、つらくて語る気にもなれない。根はやさしい人で、あの小さな家にそのままずっと住んでいる。私の知るかぎりでは、ガールフレンドなど、あるいはボーイフレンドも、いたためしがない。

姉もまた、つらい思いをしてきた。向こうっ気の強いところはあったので、それだけは救いになったかもしれない。五人の子持ちになって、一番下の子は私と同じことをした。つまり奨学金のおかげで、学費をかけずに大学へ行った。私の姪にあたる娘だ。しかし一年で戻ってきて、いまは姉が勤める老人ホームで一緒に働いている。

あの兄と姉——。いまだ混濁した中で、だんだん見えてきたように思うのだが、生まれた瞬間から愛された人の生き方とは、どこか違っていたようだ。

それで驚くのは、ともかくも私が人を愛せたこと。あの精神科のきれいな女医さんにも意外だったようだ。「あなたのような境遇ですとね、ルーシー、愛そうとする気にもならない例が多いんですよ」と言っていた。だとしたら、ウィリアムは私のどこを見て、楽しげだと言ったのだろう。

楽しげだった。

どういうことだ。

＊

大学時代と言えば、一年ほど寮を出て暮らした時期に——ウィリアムのアパートに転がり込んでいたようなものだが——通学路を歩いていると、ある一軒の家に子持ちの女がいることがわかった。ちょっときれいな人（だったと思う）ということは窓越しにも見てとれて、何かの祝日ともなると、ダイニングテーブルに料理が満載で、だいぶ大きくなっている子供たちがテーブルを囲み、夫らしい人も――夫だと考えてよいのだろうが――それらしく席についていた。そんな道路側の窓を通過する私は、いずれ私もああなる、ああいうものを得る、と思っていた。

ところが私は作家になった。

半端な仕事ではない。書くことについて私の師となった唯一の人に言われたことを思い出す。「どこにも借りを作らない。子供は持たない」

でも仕事は欲しいが、子供を欲しい気持ちが勝っていた。実際、子供がいた。さりとて仕事も放せなかった。

いまになってから、ふと思うこともある。あのようでなければよかった――。もちろん愚かしい考えだ。軽薄な感傷にすぎない。それでも、こういう考えが、いまだに断ち切れないのでもあって――

もう捨てたっていい。作家として積み上げたもの。あっさりと、全部ひっくるめて、かなぐり捨てる。それで幸せな家庭が持てるなら――。一家がまとまって、子供は親に愛されることを知って、その両親はいつまでも愛し合っている。

そんなことを考えたりもする。

最近、ニューヨークにいて作家の同業でもある友人に、この話をした。子供のいない彼女は、私の話を聞いてから、「ルーシー、信じがたい理屈だわね」と言った。

この人がそう言うかと思うと、ちょっと胸苦しくなった。じんわりと孤独感が出た。私が言ったことに嘘はないのだから。

＊

ひょっとしてパム・カールソンみたいな、と思ったことは、あながち間違いではなかった。メイン州から帰って一カ月以上もあとで、ウィリアムから電話があった。「ええっと、この人なんだが、ググってくれない？」と言って、ある女の名前を出したので、私は検索して「だめね、似合わない——やめといたら」と即答した。すると彼は「ああ、そうか、ありがとう」と言った。

どちらも独身になっていた頃に——というのは双方が次の結婚にいたらなかった時期には——こんな見立てのアドバイスを交換することがあった。

この日、調べてくれと言われた女がだめだと思ったのはなぜなのか、はっきりとは言えない。だが出てきた写真は社交界っぽいもので、ロングドレスを着て、まわりに人がいて、たぶん私より十は若いのだろう。しっかり整った部屋のようだが、だめだという勘が働いたのは、その顔立ち、たたずまい——そんなようなものだった。既得権の意識がちらつく、と言ってよいのかもしれない。ウィリアムの話だと、「ちょっと誘ったら、いまはもう向こうがその気になってるんだ。こないだ泊まってけってことになって、なんだか帰るに帰れなくなっちゃってさ」

「もう行かないことね。あなたには何にもならない」と言ったら、彼は「そうか、聞いてよかった。――あの女には嫌われるだろうけどな。こっちから追いかけたのに、つかまえてみたら、やっぱり、いやになった」それで私は「嫌われて結構じゃないの」と言い、彼は「まあな」と言った。

そんなことがあった。

＊

このところ何度か――最近の話として――いまなお子供時代がカーテンのように落ちかかってくることがあった。恐怖にふんわり包まれる感覚で、子供時代がそっくりそのまま戻ってくる。ついこの間も、さあっと一気に出た。そうやって静かに、でも鮮やかに、子供ながら諦めの心境になっていたことを、あらためて知らされる。あの家からは出られないと思っていた（もちろん学校には行っていて、たとえ友だちがいなくても、学校にしがみついていれば、ともかく家の外にいられた）。そういうことを思い出すと、どんよりした恐ろしい空漠を見せられるようで、逃げ場がなかった。

若い頃の私には、どこにも逃げようがなかった、ということ。

そこからまた思い出した。デイヴィッドが病を得た直前に、私が講演で深南部へ行ったときのことだ。その翌朝、主催者側の女性が私を空港まで見送って、「あまり都会派ではいらっしゃらないんですね」と言った。この人はニューヨーク育ちなのだそうで、私は言われたことをどう解釈するべきか迷った。言い方には引っ掛かるものがあった。ともあれ、言われた瞬間に、子供時代の小さな家を思い出して、陰鬱な気分がはらはらと落ちかかった。あれ以来、考えるようになったのは――

私の人生が終盤にさしかかっても、まだ戻ってくる匂いがあるらしい。いやがられる匂いが私にまとわりついている。それが他人の行動からわかる（と思うことがある）。あの朝、私を空港まで車に乗せた女がどう思っていたのか、そこまではわからない。

そう言えば、ロイス・ブーバーの「垢抜けちゃって」という見方もあった。訪ねてきたキャサリン・コールは、ストッキングをはかず、パイピングつきの服を着ていたという。だったら、キャサリン、と私は思う。やったじゃないの。いわゆる越境を果たした。そう言ってよかろう。ゴルフをして、ケイマン諸島に旅をした。そのようにやってのける人がいるかと思えば、私のように、いまなお出所の匂いをほんのり漂わす人もいる。どうなっているのだろう。

知りたいものだ。知る由もない。

あのキャサリン、とうに自身の香りをまとっていた。

いま言いたいのは、どこかに文化の空白があるということ。それが絶対に消えない。ただ、ぽつんとした一点ではなく、白く巨大なカンバスのようなもので、そんな空白を抱えて生きるのは、すごく恐ろしいことである。

言うなれば、私はウィリアムの手で外の世界に連れ出された。私の限度一杯まで連れ出された。そういうことをウィリアムがしてくれた。キャサリンにも同じようにされていた。

＊

ああ、どれだけデイヴィッドに生きていてほしかったか。最後の二日間は、もう何も言わず、ほとんど動きが止まっていた。また臨終の瞬間に、私は立ち会っていなかった。電話をかけようと病室を出ていたのだ。あとで聞いた話では、めずらしい現象ではないらしい。愛する者が部屋を出るのを待ってから死ぬのだそうだ。

でも看護師には言われた（そう、言われたのだ！）。デイヴィッドが口をきいたという。目は閉じたきりだったが、たしかに口をきいた。最後の言葉は「うちに帰りたい」だった。

＊

それまで私には「うち」というほどの家はないと思っていた。でも、あった。こうして川が見えてニューヨークの町が見える小さいアパートで、彼との家を持っていた。

いくら悲しくなっても、この家にいるのがいやではない。

ひょっこり思い出した。彼は毎朝シリアルにラズベリーを載せることを好んだ。生のラズベリーである。日曜日に市内で店開きするファーマーズマーケットがあって、彼は七月になるとラズベリーの買い出しに行った。これを冷凍で保存し、いつでも毎朝のシリアルに添えるようにしていた。ある朝のこと、その四日後に結腸鏡検査を控えて、医師からは、五日間、種のあるものを食べてはいけないと指示されていた。この日もシリアルを用意して——ささやかな朝食で夫と席につくという、私には楽しみだった時間帯に——はたと思い出したように、彼が「そうだ、ラズベリー」と言った。でも、いけないんでしょう、と私が言ったら、彼の顔が曇った。子供が悲しくなったような顔だ（子供の悲しみがどんなものか、私たちは身にしみて知っていた）。「けさから、だめか?」と彼は言った。

私はラズベリーを取りに立った。いつもは彼が毎晩少しずつ、翌日のシリアルに備えて、フリーザーから出していた。「じゃあ、まだ時間があるってことで」と私は言い、彼はこの日もラズベリーを食べて喜んでいた。

愛する人に死なれると、おかしな記憶が残るものだ。そう思って、こんな話をしている。あの日、デイヴィッドはラズベリーを食べて、うれしそうにしていた。だが、そんなことを思い出す私は、胸が痛くなる。

デイヴィッドについて、もう一つだけ。それでおしまいにする——。

すでに三年か四年は、ニューヨーク・フィルの演奏を聴いていた。当時、付き合っていた人と行ったのだが、ステージを見ていると、あるチェロの奏者が気になった。出てくるのに時間がかかる。子供の頃の事故で腰の具合が悪いのだと、あとで知った（ということは、すでに述べた）。背は低く、やや太め。ステージに上がるとしても下がるとしても——よく彼が引っ込むまで見ていたのだが——ゆっくり、ぎくしゃく歩いていて、老けた感じがした。頭がちょっと禿《は》げていて、禿げのまわりに白髪が目立つ。そんな男が、チェロを弾けば、すばらしい演奏をした。ショパンのエチュード嬰《えい》ハ短調を初めて聴かせてもらったときは、ほかに何もいらないと思った。はっきりそう思ったのか定かではない。ただ、あのチェロを聴いていれば、それだけでよいのだった。

それまで付き合っていた男とは終わってから、私は一人だけでニューヨーク・フィルを聴きに行った。二度行ってから、チェロ奏者を検索して、いくらか手間はかかったが、デイヴィッド・エイブラムソンという名前がわかった。既婚かどうか不明。ニューヨーク・フィルで弾いているという情報しかなかった。また一人で行った三度目に、公演が終わって彼もステージを去るのを見ながら、思いきって行ってみようと思った。出てきそうな楽屋口で待っていたら、予想が当たった。十月だったが、たいして肌寒くなかった。出てきた彼に近づいていって、「すみません、失礼ながら、わたしルーシーといいます、好きです」などと言ったのは、われながら信じがたい。「あ、いいえ、あなたの音楽が好きです」とも言った。彼は立ち止まって——私と似たような背丈で、つまり高くはないのだが、「はあ、どうも」と言って歩きだした。私は、「あの、すみません、バカみたいなこと言いましたが、このところ何年か、あなたの音楽のファンになってたんです」

戸口で上からの光を浴びた男が私を見た、ということが私に見えて、その男が口を開いた。「お名前、何でしたっけ」それでまた私が名乗ると、「では、ルーシー、一杯飲みませんか、あるいはコーヒーとか、ちょっと食べるとか。お好みでどうぞ」

あとで彼は、天の恵みだった、と言った。

その六週間後に、私たちは結婚した。私に不安はなかった。それまでの私は、ウィリアムとの結婚後にあれだけ変調を来したことが気になって、ずっと再婚をこわがっていたのである。

デイヴィッド・エイブラムソンとの生活では、変調めいたことは一切なかった。出会いとなった夜からの平常がそのまま続いていた。

*

あれから何週間か、またウィリアムのことを考えた。一緒にいれば安全だと私に思わせていた人なのだ。どうしてそう思ったのか、現実には理屈が合わない。でも生きていれば理屈の合わないことばかり。それで思った──いったい何なのだ、このウィリアム。またメイン州で私から言ったように、彼は母親と結婚したのだということも考えた。だったら、その彼と結婚した私は、誰と結婚したことになるのか。父親でなかったことは確かだ。

まさか母親？

答えが見つからない。

また帰路の空港で見かけた桁外れの肥満体のことも考えた。私と似たところがあるとも思っていた。私は自意識としては目立たない人間だが、どこか普通ではない特徴があるとも思っている。一目でわかることがないだけだ。そう、ウィリアムも同じだろう。どこか変わっている。

それでロイス・ブーバーのことも思い出した。いくぶんか椅子から前に乗り出すように、ウィリアムについて聞きたがった。「どこかしら、あのう、おかしい人なの？」

ふざけんじゃないわよ、ロイス・ブーバー、と思った。そりゃもちろん、ウィリアムはおかしい人だけど――。などと考えて笑いそうになった。いま私はウィリアムと似たような反応をしている。

＊

そうこうして、ある朝――十月初旬だった――いつものように川沿いの散歩をして帰ったら、アパートの入口ロビーにウィリアムが来ていた。備え付けの椅子に坐って、本を読んでいたらしいが、私が来たと見て、ゆっくりと膝の上で本を閉じてから立ち上がった。

「よう、ルーシー」ひげが消えている。髪も短めだ。こんなに変わるものかと思った。

「こんなとこで何してんの」

すると彼が笑った。ほとんど本物の笑いだ。

「一つ聞きたいことがあってねえ」と言って、ちょこっと頭を下げる。それからドアマンを気にする視線を投げてから、また私に「上がっていい？」と言った。

というわけでウィリアムが私のアパートに来て、おずおずと足を踏み入れた。「この部屋、こんなだったかな」

「いつ来たんだっけ?」私はへんに落ち着きをなくしていた。なぜかわからない。ひげを剃って髪を短くした彼が、すっかり変わって見えたからかもしれない。

「デイヴィッドが死んで、そのあとの手伝いに来た」と言って、彼は室内を見回す。

ああ、そうだった、と思うしかない。

「で、どういうこと? すっかり変身しちゃって」私は自分の口に手を当てた。ひげはどうしたの、ということだ。

彼は、困ったね、と言いたげに、「たまには気分転換しようかと。アインシュタインみたいなのも飽きた」それから、わくわくしたような顔になって、「こうなると、似たような感じだろ」と言いながら、ある有名な俳優の名を挙げた。「似てると思わないか?」

つるんとした顔のウィリアムを見たのは、いやはや何年ぶりになるだろう。まだ二人とも若くて、子供みたいだった昔のことだ。その彼がもう若くない。

「まあ、かろうじて、どうかな」私が見るかぎり、いま名前の出た俳優と結びつけるのは無理があった。

するとまたウィリアムは室内に目をやって、「ここはいいよ。こぢんまりして、散らかってるが、これでいい」彼はカウチにそうっと腰かけた。

「あなたって、お母さん似なのね」私は言った。「そうなんだわ、口元なんて、そっくり」これは本当のことで、彼は母親と同じように唇が薄かった。しかし頬骨の張り方は違っている。また、どういうわけか、さほどに目がぱっちりしていない。そう言えば少し痩せたような、とも思った。

　川に面した窓から、朝の光が流れ込んでいた。

「ルーシー、あのな。リチャード・バクスターはメイン州シャーリー・フォールズという町の出だった。おれたちが行ったほど北じゃなかった」

　私はどう言ったらいいか困って、何とも言わなかった。

「たしか行ったことあるんだよな」これに私がうなずくと、「あれから検索したら、そっちの出だってことがわかった。すごい偶然、だろ？」

「そのようね」

　するとウィリアムは上目遣いになって、「な、ケイマン諸島へ行かないか？」

「え？」

「おれとケイマン諸島へ行かないか？」

「いつ？」

「今度の日曜」

「本気なの？」

「先に延ばすとハリケーンの季節になる」

　私はゆっくりと窓側の椅子に腰をおろした。「ああ、ウィリアム、わけわかんないこと言っちゃって」

　彼はさらりと笑顔でごまかすと、立ち上がり、両手をポケットに突っ込んだ。「ほら」と言いながら、下を向いて、また目を上げる。子供みたいだ。「これなら短くないだろ？」

きょうのカーキズボンは、たしかに長すぎるくらいだった。私は「ま、いいんじゃないの」と言った。

彼は私と向き合うように、またカウチに坐った。「行こうよ、ルーシー」と言っている彼の目に、日射しが当たるようだ。私は立っていってブラインドを閉めた。

「まったく、わけのわからないこと言いだすんだから」私は椅子に戻った。

すると彼はしょんぼりして、「すまん」と言った。

肘を両方とも膝の上に置いた格好で、フロアに目を落として坐っている。その彼を見ながら、ウィリアム、どういう人なの、と思った。

でも、それだけではなかった。どきどきする感覚が少しは走っていた。おかしなものだ。ようやく顔を上げたウィリアムは、訴えるような目をしていた。「来てくれるといいんだがなあ、ボタン」

そういう呼び方をするのがあやしい。そんな気がした。取って付けたようだ。

「その読んでる本、何なの?」と言ったら、彼は本をかざして見せた。ジェイン・ウェルシュ・カーライルの伝記だ。「これを、あなたが読む?」

ウィリアムが「うん。知ってるの?」と言うので、私も読んだことがあって、すごくいいと思ったと答えた。「そうだろ。おれもいいと思う。読み始めたばっかりだけど」

「そんな伝記を読む気になったのは、どうして?」

彼は小さく肩を上げて、「ほかで勧められてね。女の人だが」

「あら」

「もっと女ってものを知らないといけないと思って、読んでる」

これには笑った。へんな話で、つくづく笑えた。彼は何がそんなにおかしいと言いたげな顔をしていた。

「それを書いた人、わたしの友だちなのよ」と教えたのだが、そっち方面への反応は鈍そうだった。

「付き合ってくれよ、ケイマン諸島――。日曜に発《た》って木曜に帰ってくる。あっちで三日だ」

「じゃあ、あした返事する。それでいい?」

「わかんないな。すぐ言えばいいのに」

「わたしにもわからない」

それから娘たちの話になり、私も母のような幻視を持ちたいことを言った。私が妊娠したことを母は千里眼のように察した。私はクリッシーについてそうなりたかった。「でも、わかんないわ。あの子がまた妊娠するかどうか、さっぱりわからない」

「幻視なんて、見ようと思って見えるもんじゃないからな」と彼は言った。ごもっとも。

「そりゃまあね」私は言った。

彼がさっと手を振りながら「いずれまた次があるさ」と言うので、私も「だといいわね」と言った。クリッシーがお父さんはバカちんになってると言っていた話を、あやうく口にしかかった。しかし、いま目の前にいる男は、そこまでひどくなさそうだ。ひげを剃って、髪を短くして、いつもと違うように見える。だから何とも言わずにおいた。

私たちは頬にキスをかわして、彼が帰っていった。

＊

その夜、ベッドで横になった私が、きょうはウィリアムが来て、あんな顔をして、どんな話をして、などと考えていたら、ふと思いついたことがある。——そう、えらそうな感じがしなかった。

私は思わず身体を起こした。

さらにベッドから起き出して、室内を歩きまわった。

権威の失墜。

ひげを落としたから?

そうかもしれないが、どうなのか。

それで思い出した——

ウィリアムと別れてから数年後のこと。しばらく付き合った男がマンハッタンに住んでいて、道路の向かい側に美術館があった。その男には愛しているから結婚しようと言われたが(私をニューヨーク・フィルの演奏会に連れていった男である)、私にその気はなかった。いい人なのだが、一緒にいると不安だった。それで思い出したというのは、こんなことだ。いつでも向かい側に塔のある美術館が見えていた。毎晩——というのは週に三日は行っていただろうか——その小塔に明かりがついていて、きっと遅くまで働いている人がいるのだろうと私は思った。まだ若いのだろうか、それとも中年男か、あるいは女かもしれないが、仕事にのめり込んで帰るに帰れなくなっているのだろう。美術館の灯火の下で孤独な残業をする人に、なかなか立派なものだと思っていた。私への癒やし効果もあった！　毎夜毎晩、美術館の窓に明かりのついた一角で、夜っぴて働く人がいる。そう思うと、すごく心が和んだ。

ところが、ずっと後年になって気がついた。あの光を見なかった夜はない。金曜日、土曜日、また日曜日の夜でさえ、明かりはついたままだった。つまり私が見ていた夜の時間に、真夜中を過ぎ、午前三時になって、ついに外光と室内灯が紛れるまでも、働く人がいたわけではない。ということに、そうと気づくのに何年もかかった……。いわば私は神話を信じて生きていた。ずっと後年になって、やっと気づいた。

あの塔に夜勤の人はいなかった。

ところが、そんなものを――いま思い出しても――私が手放すことはなかった。あれだけ幾晩も、私を慰めてくれたのだ。当時の私は、夫と別れて、不安に駆られやすくなっていた。私を愛するとは言うが不安の種にもなる男が隣に寝ていて、あの光が見えた。塔の光が、私の支えになっていた。

ただ、その光は、私が思ったようなものではなかった。

＊

さて、これがウィリアムとの物語。

にわかに信じがたいことではあるが、私には大波をかぶるような衝撃だ。ウィリアムは美術館の光と同じだった。それを私は大事なものだと思って生きていた。

さらに思った。——たしかに大事なものだった！

椅子に坐って、都会に広がる灯火をながめた。アパートからはエンパイアステートビルも見える。それを見て、もっと手前のアパート群を見た。いつだって、どこかに灯はともっている。

それで考えた。——ようし、こうなったら何が何でも、知らん顔で押し通す。

気づいてしまったことからウィリアムを守ってやる。また私自身を守ることにもなるのだが、それはそうとして、まったく素直な気持ちとして、いまの私には彼が正味で見えていることを、いかようにも悟らせたくなかった。

私が生涯ずっと抱いていたヘンゼルとグレーテルの幻想は、これでおしまいになった。私はもうヘンゼルの案内を頼りにする少女ではない。いまのウィリアムは——ずばり言って——安心感のもとになる人ではなくなった。

もう睡眠薬でごまかしても仕方ない。だから起きだして室内を歩いた。それから窓際の椅子に、だいぶ長いこと坐っていた。

娘たちのことを考えた。どちらかというとベッカのほうが父親に頼りたがった。父親の権威、という言葉をベッカ自身は使わなかったが、そんなような見方をしただろう。かわいらしい童顔を思い出していたら、胸が詰まりそうになった。またクリッシーのことも考えた。あの娘だって、いまも父親にそういう見方はあるだろう。ともかくも父親は父親だ。ただ私の目から見ると、クリッシーのほうが父親の取り扱いは上手だった。なぜなのかわからない。ある子供がどうなって、別の子供がどうなるか、育ってみなければわからない。

太陽が出かかってから、ウィリアムにメールを出した。——わかった、行きましょ。すぐさま返信があった。——ありがとう、ボタン。

それから私は眠った。

昼前に、うろうろ動き回って、ケイマン諸島へ持っていく衣服をベッドに出した。その途中、何度もベッドに腰かけて考えた。どうしてウィリアムが私にケイマン行きを持ちかけて、ほかの場所にではなかったか、もちろん答えはわかっていた。きっと私は太陽を浴びながらラウンジの椅子に坐って、すぐ隣にウィリアムがいるだろう。かつてのキャサリンと同じである。そういうことが目に浮かぶ。彼はジェイン・ウェルシュ・カーライルの伝記を読んで、私も何かしら本を読んで、ときおり本を置いた二人が話をしてから、また本を手に取っている。

ベッドに腰かけた何度目かに、私は声に出して言った。「ああ、キャサリン」

それから考えた。ああ、ウィリアム！

＊

しかし、ああ、ウィリアム、と思う私は、ああ、ルーシー、と思っているのでもなかろうか。

ああ、人間、ということではないのか。ああ、世の人みな、ということだ。人間なんてわかるものではない。自分のことだってわからない！

ちょっとだけ、ほんの少しだけわかっている。

私たちは神話の集まり。みんな謎めいている。人はみな謎、ということ。

この世界で正しいと思えるのは、それだけかもしれない。

謝辞

次の方々のお名前を記して感謝いたします。

いつも真っ先に挙げたいのが、キャシー・チェンバレン。真実を聞き分ける耳を持っていて、私が作家人生を歩めたのは、その耳のおかげだったとも言えます。

そして編集者だった故スーザン・カーミール。私を信用して、私が書きたいように、書かざるを得ないように書く自由をあたえてくれました。

また、みごとに仕事を引き継いで、現在の編集者になっているアンディ・ウォードにも感謝します。そして私の本を熱心に出版してくれるジーナ・セントレッロ、またランダムハウス社の全チームに、ありがたく思うことばかりです。きわめて堅実で、ぴたりと要領を心得たエージェントである、モリー・フリードリックとルーシー・カーソン。寛容と信頼を寄せてくれる私の娘ザリーナ・シェイ。古い友人で、本作のインスピレーションをあたえてくれたダレル・ウォーターズ。私の話に耳を傾けてくれる友人、ベヴァリー・ゴロゴースキー、ジーニー・クロッカー、エレン・クロズビー。メイン州におけるドイツ人捕虜の調査にお力添えいただいたリー・カミングズとサンディ・カミングズ。私の原稿を整理して「ドクター・B」の異名をとる名人ベンジャミン・ドライアー。もう何年も仕事を助けてくれているマーティ・ファインマンにも、お礼申し上げます。

そしてローラ・リニーにも感謝を。その発言から、思いがけず、奇跡のように、この作品を開花させてくれました。

訳者あとがき

エリザベス・ストラウト(一九五六-)は、これまでに九冊の小説を出していて、いずれにも多かれ少なかれ何らかの関連性を持たせている。その傾向はだんだん強まっているようだが、同時に初めての読者が困らないような配慮も感じられて、そういうところには気を遣う作家であるらしいと訳者は思っている。もちろん何もかも読んだ瞬間にわかるということはないので、いままでの作品を順序よく追いかけている読者にも、随所に意外な発見があるだろう。

訳者自身の印象を言わせてもらえば、勝手知ったる他人の家と思って上がり込んだら、いつの間にか増築されていたことに気づいたような感覚があった。その新しいはずの建て増し部分に、仕掛け部屋、隠し戸棚があって、なんと母屋に関わる昔の秘密が見つかるような不思議もある。意外な方向から母屋につながって、こんな設計だったのかと驚きもする。

過去のストラウト作品を振り返ると、大きく二つの系列に分かれていたように見える。

まずアメリカ北東部メイン州を地盤とした作品では、クロズビー、またシャーリー・フォールズという二つの架空の町の人々が描かれて、その中心人物たるオリーヴ・キタリッジは、メイン州としては南側の海辺に住んでいた。この地域からは西へ上京してニューヨークに出る人もいる。

もう一つの系列では、中西部イリノイ州に、やはり架空の町としてアムギャッシュとカーライルが設定された。ここは陸地の真ん中で、シカゴまで車で二時間半という見当である。アムギャッシュの町はずれに育ったルーシー・バートンは、東へ上京してニューヨークに住んだ。

この二つを訳者は「オリーヴ系」、「ルーシー系」と呼んでいる。あるいはニューヨークから見て「東地区」、「西地区」と考えてもよいだろう。著者のデビュー以来、しばらく「東」が先行して、あとから「西」の開拓も進んだが、どちらの地域にあっても、その中で二つの町につながりが生じることはよくあった。ところが今回は大変動で、東と西が近づいてきた。すでに双方の地ならしが済んだということだろうか、著者は思いきって二系列を寄せようとしている。さきほどの比喩を続ければ、離れて建っていたはずの二軒の家がずるずる近づきながら、大きな一つの敷地ができあがってきたようなものだ。

ストラウトは登場人物の名前をタイトルに使うことが多い。たとえば第三作の原題は *Olive Kitteridge*（2008）として、ただ名前だけになっていた。それではわかりにくいと思って、邦題は『オリーヴ・キタリッジの生活』とした（二〇一〇年）。今回の作品はストラウトの八冊目で、私が訳者として関わるのも六冊目になった。もう著者名と人物名が紛らわしくなる心配はしないことにする。***Oh William!***は、そのまま『ああ、ウィリアム！』でよいだろう。また、最後まで読まれた方には、おそらく「ああ、ウィリアム！」と言いたくなるような（それしか言えないような）読後感があったのではないかと思う。

原作の初版は二〇二一年だった。すでに英語では***Lucy By The Sea***（2022）という続刊が出ていて、最近の著者の旺盛な仕事ぶりがうかがえるのだが、そこからの情報も合わせると、本作で描かれるメイン州への旅は、二〇一九年の夏だったことが確定される。この旅のあと、ますます「ああ、ウィリアム！」としか言えなくなったルーシーは、しかし「ああ、ルーシー」でも、「ああ、人間」でもあるのだと考えて、「人はみな謎」という結論を下している。前作『オリーヴ・キタリッジ、ふたたび』（二〇二〇年）で、晩年のオリーヴが達した「何ひとつわからない」の心境に通じるかもしれない。

では、そのウィリアムが誰かというと、著者の第五作『私の名前はルーシー・バートン』（二〇一七年）で、ルーシーの最初の夫になっていた男である。ルーシーが登場する作品としては、『何があってもおかしくない』（二〇一八年）が続いて、さらに本作がある。ルーシーの生涯で、いつごろ何があったのか、だいぶ見やすくなってきた。読者が初めて知ったルーシーは、盲腸の手術から思いがけず入院が長引くという状況にあった。当時、まだ三十代になったばかりだろう。娘たちは六歳と五歳。だが、その時期なら、彼女の名前は「ルーシー・ガーハート」だった、ということも本作で確実にわかる。

その入院は、ずっと後年に（つまり、さほどの昔ではなく）、とうに作家になっていた彼女が振り返っての回想である。『私の名前はルーシー・バートン』という（自分が誰なのか噛みしめたいような書名の）本は、読者から見ればストラウトが書いた小説なのだが、ルーシーにとっては自分が書いたメモワールになっている。それを書いたルーシーには、再婚の夫デイヴィッドがいた。今回は、そのデイヴィッドに先立たれ、また彼女は独身になる。もう六十歳を超えた。ところが先夫ウィリアムに頼まれてメイン州北部への「調査旅行」に付き合うのだから、彼女の娘たちでなくても、まさか縒《よ》りを戻す気なのでは、と勘ぐりたくもなる。

それでも現時点の（現在形の動詞を使う語り手としての）ルーシーは見えていない。読者に見えるルーシーは、常にルーシーが回想するルーシーである。読者は彼女の記憶の世界を、あっちへこっちへ行かされる。ただ、新しい作品ほど、遠い回想から近い記憶へのシフトがあって、だんだんと生身のルーシーが見えてきた。それだけに彼女が抱えている負の側面も、以前より目立っている。その一つとして、ルーシー自身に、他人からは「見えない」という意識がある。これは育った環境に由来する不安症状のせいで、自分の存在が希薄であるように思うからだ。作家として名を成したというのに、それに見合うだけの自信を持てていない。その語り口にも、ずばり言い切るのではなく、まるで細筆で描くように、小刀で彫るように、少しずつ表現をさがそうとする傾向がある。

ルーシーは社会的に孤立した貧困家庭に育った。その惨状をもたらした一因ないし遠因として、父親の記憶にこびりついた第二次大戦中のドイツでの経験がある。元兵士がPTSDに苦しむのはアメリカではめずらしくない現象だが、その病根が世代を越えてルーシーにも後遺症をもたらした。この二つ（貧困と戦争の記憶）は、ウィリアム、その母親キャサリン、異父姉ロイスにも、それぞれの形で及んでいたと言えよう。人間はどれだけ過去に引きずられているのか、どれだけ自由に選択した現在を生きているのかという疑問にもつながる。たとえばウィリアムの女癖の悪さは「ああ、ウィリアム！」としか言えないものだが、そこにもまた何らかの過去の事情がめぐりめぐって作用していたのかもしれない。ただし、全体としては、これまでの「ルーシー系」にくらべると、いくらか「オリーヴ系」めいたユーモアが、隠し味くらいには添加されたような感触が訳者にはあることも付言しておきたい。

なお、終盤になって、ウィリアムがある女性の伝記を読んでいるという場面がある。やや唐突な感がなくもないが、ジェーン・ウェルシュ・カーライル（一八〇一 - 一八六六）は、イギリスの歴史家トーマス・カーライルの妻にして、膨大な書簡集を残した人。その伝記（二〇一七年）を書いたキャシー・チェンバレンは、作中ではルーシーの、現実にはストラウトの古い友人であって、本書の謝辞にも名前が出ている。著者はルーシーが自分に近い存在であるというヒントを、あえて出したくなったのだろうか。少なくとも年齢の点では、著者がオリーヴではなくルーシーにきわめて近いことは間違いない。

最後に、もう一つだけ――。本書をお読みくださった方には、次作もぜひどうぞ、と申し上げたい。ほとんど上下巻のように直結している。ストラウト・ワールド拡大中！

二〇二三年一〇月

訳者略歴　1956年生，東京大学大学院修士課程修了，英米文学翻訳家，東京工業大学名誉教授　訳書『私の名前はルーシー・バートン』『何があってもおかしくない』『オリーヴ・キタリッジ、ふたたび』ストラウト，『この道の先に、いつもの赤毛』タイラー（以上早川書房刊），『停電の夜に』ラヒリ，『グレート・ギャッツビー』フィッツジェラルド，他多数

ああ、ウィリアム！

2023年12月10日　初版印刷
2023年12月15日　初版発行

著者　エリザベス・ストラウト

訳者　小川高義《おがわたかよし》

発行者　早川　浩

発行所　株式会社早川書房
東京都千代田区神田多町2－2
電話　03－3252－3111
振替　00160－3－47799
https://www.hayakawa-online.co.jp

印刷所　株式会社亨有堂印刷所
製本所　大口製本印刷株式会社
Printed and bound in Japan
ISBN978-4-15-210293-5　C0097

早川書房の文芸書

オリーヴ・キタリッジ、ふたたび

Olive, Again

エリザベス・ストラウト
小川高義訳
46判上製

癖があり頑固だが、ときにやさしく勇敢なオリーヴ・キタリッジ。老境を迎えた彼女は、海岸沿いの小さな町クロズビーで暮らしている。そして彼女の隣人たちも、同じように「老い」と向き合っていた――彼女と町の人の悲喜こもごもをつづった傑作ぞろいの十三の短篇を収録。ピュリッツァー賞を受賞した『オリーヴ・キタリッジの生活』から十一年を経て放たれた続篇